天下篇，逍遙遊

七星劍，葫蘆酒

你就這樣長身去了江湖

自天涯滄桑風塵回来的你

大鐘鳴鼓，琴瑟竽笙

高台厚榭，邃野之居

或人何在？或人何在？

你又帶書攜酒配劍

從眼前到天涯，一路過去

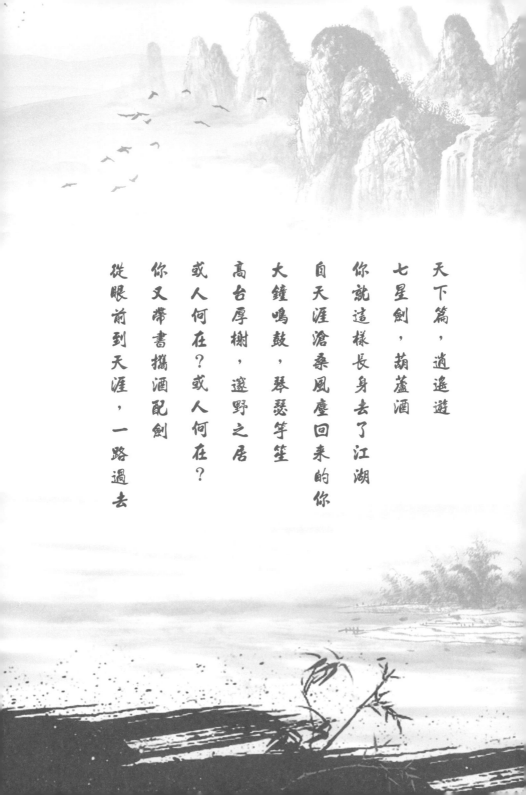

落花也有温柔的遠志
像人走向水涯
而裘褐為衣，棺桐三寸
張目奸逼切如大火逼你躍牆
身臨绝澗如閉目飛躍
而這一躍往何處去呢
流水也有悲壯的柔情

——摘自温瑞安《山河錄》之華年

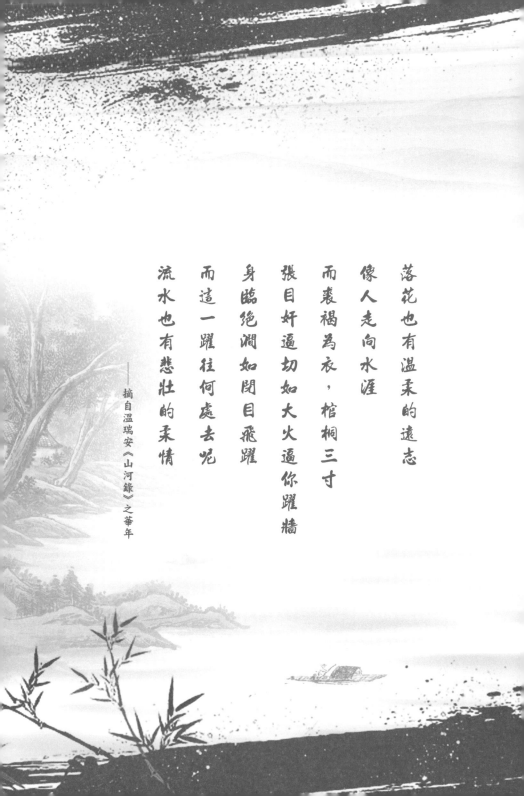

武俠經典新版
驚艷一槍
說英雄·誰是英雄系列
溫瑞安 著
中

說英雄誰是英雄 系列

驚艷一槍

中冊

目錄

廿一　奇局

張炭、朱大塊兒、蔡水擇、唐寶牛四人，正佈好局等敵人來。

「敵人來了，我們便可以知道對方的虛實了。我們的責任是要把敵手引過來。」

「只要摸清敵方的虛實，就立即通知居士：元十三限要是在甜山，居士立即攻入鹹湖；元十三限如果不在這兒，居士可立刻折返甜山。」

「這是我們的任務。」

「也是我們留在這兒的目的。」

張炭和蔡水擇交換了意見。

他們的意見是一致的，雖然，張炭相當瞧不起蔡水擇，蔡水擇也常故意躲開張炭，但在商討重大事情的時候，他們都能摒除己見，了無偏見的討論商量。

唐寶牛問：「那我們現在該怎麼辦？」

「我們得在此地佈陣。」

「然後兵分兩路。」

「之後便得要忍耐。」

「還有等待。」

「等!?」唐寶牛叫了起來：「忍!?」

他平生最怕等和忍。

——偏偏人生就是常常要等待和忍耐，而且也充滿了期待和無奈。

張炭：「我們得要等敵人來？」

蔡水擇：「你愈能夠忍人之所不能忍，便愈有機可趁。」

唐寶牛感慨：「我當武林中人，便是以爲不必像常人一樣，老是忍，不然就是等，人生匆匆就數十年，不是在等中過就是在忍裡渡，多可悲啊！沒想到當了像我這樣的武林第一寂寞無敵高手，到頭來，仍不是等，就是忍，真是沒意思得很。」

蔡水擇笑了：「其實當武林人物，要比常人更能等，更要忍。何以？光是練武，就比儒生的十年寒窗無人問所下的功夫更苦，你不苦練，哪能有成？遲早只成刀下鬼、劍底魂！練武的過程就是忍耐著等待。」

張炭卻轉問朱大塊兒：「你喃喃自語做什麼？」

朱大塊兒：「我在許願。」

唐寶牛叫了起來：「許願!?」

朱大塊兒：「我作戰之前，一定許願；凡有大事要做，一定先得祈禱。這樣我心裡才有了依靠，取捨進退都有實兒。」

唐寶牛不屑：「我才不許願。成就成，敗就敗，一切靠自己，許願又怎樣？天下多少無告苦民都向天許願，結果不是一樣天不從人願！既然許願不能從心所欲，又許來作甚？不如我不從天願！」

朱大塊兒：「我跟你們不同。我是為制止殺戮才入武林，而不是要在江湖上另造殺孽的。冥冥中自有天意在，你們認為天道無親，常與善人；惡人當得善終，而好人多不長命，所以其實沒有報應這回事，至於報應在他人子孫，則太不公平，也太不像話了！而我卻不然。我偏生是一做壞事，報應即至；但做好事也常見回報。所以我信命，只不過不大認命而已。」

張炭：「願望其實是一種摸索。摸索是沒有信心的行動，我也很少許願。」

朱大塊兒：「只是，我們活著，誰不是摸索著前行？」

唐寶牛立時叫道：「如果要兵分兩路，千萬別把我和他這樣深奧的人擺在一起，我怕我會受不了的！」

張炭大表贊同：「對，跟一些人在一道不如獨戰江湖！」

他的意思很明顯。

他可不願跟蔡水擇在一道。

蔡水擇則反對：「不。不和的人應該守在一起。唯有你瞧不起對方，所以更不能讓對方看扁，更加要獨撐大局。這樣，才有互相激發的意義。」

張炭很不願意，但他立時認爲這話說得很有道理。

——一個人和朋友在一起比較疏忽。

——跟敵人在一起卻總會比較警惕。

——跟心愛的人在一起多半比較耽於逸樂。

——但與所恨的人相處卻多會努力不懈。

唐寶牛這回又叫了起來：「這樣豈不是要我跟這大蕃薯在一起!?」

朱大塊兒奇道：「大蕃薯？是誰？」

全場只有他不認識這個人。

◇◇◇

唐寶牛覺得自己真該許願了。

他許願身伴的人最好突然成了啞巴。

不過他這願望很不實際：非但如此，朱大塊兒不止沒有閉上嘴巴，而且還特別多話，多話得接近「八卦」。

「你有沒有發現今晚的月色很美？月華如水，人生若夢。你看，今夜的霧氣還很濃，那像煙一般撫過我們臂間的輕紗，就是來如春風去似浮雲的霧了。如果現在是白天，一定是『雨中草色綠堪染，水上桃花紅欲然』的美景了。可惜現在是晚上。可是夜晚也有夜晚的好處。夜色有著老虎一般的溫柔，你聞那香味，那是夜的香味，白天這兒一定開滿了山花，所以到了晚上才會綻放出如此濃郁芬芳的香味來……」

唐寶牛忽咕噥了一聲：「老虎怎麼會溫柔？」

朱大塊兒：「你沒看過老虎跨過溪澗時的步姿嗎？你別直以爲老虎只會兇暴，牠看到一朵美麗的花時，表情也是溫柔的。」

唐寶牛：「你真煩。」

朱大塊兒：「你真是俗人。」

唐寶牛：「現在你來這兒是來殺人，不是吟詩！」

朱大塊兒：「殺人寫好詩，詩好可殺人；寫詩殺人，本來就是同一回事。殺人殺得毫無情趣，怎能好好的殺人？那只配給人殺！一個好的殺人者總是把殺人當作件替天行道、自娛娛人的趣事，人世之間的鬥爭亦復如是。如果一邊殺一邊厭倦，一路打一路恐懼，一面鬥一面負擔，他天生就不是個好的鬥爭者。不如歸隱田園，清風明月，來得舒坦安然些。」

唐寶牛訝然：「沒想到你還有這些意見！你幾時偷聽過我說話，把我的偉論偷抄了過來的？不過你還沒學得我的神髓。我的生命就是決鬥，沒有決鬥就沒有生命。人生是一場又一場大大小小不住不斷的決戰，不決戰，生命就沒有進步，生存只是一種停滯。沈虎禪老大說過：『不驚天動地，就得寂天寞地；有能者非大成即大敗，不死不生，不如不活，你要打敗每一個敵人，首先得要與自己為敵，不住的打敗自己，才能擊殺敵人。』他說的這種至高境界，我早已達到了，所以覺得滿懷寂寞。」

朱大塊兒居然十分敬羨，而且也相當歉意：「對不起，我不知道你早就說過了這樣的話，無意間抄襲了你的理論，真抱歉。」

唐寶牛對他頓時好感起來，於是就「好心」多「教」他兩句：「對付敵人，最重要的是鬥志，其次是殺氣。你取得勝利後殺不殺敵倒在其次，但你既無鬥志就上不了陣，若無殺氣那只為敵所殺，你這樣風啊花啊雲啊月啊的，心中溫柔，哪能抗敵？作為一個鬥士，要比敵人剛猛，且得要剛猛一倍、十倍、百倍，才有取勝之望！」

朱大塊兒卻不同意：「對敵不一定要取勝的！」

唐寶牛叫了起來：「對敵不取勝難道是求敗!?」

朱大塊兒安然自若：「對敵只是用來取得經驗的。落敗也不失爲一種經驗。經驗其實都很美，不管好的壞的，你可以用美去處理它、感受它、轉化它！」

唐寶牛：「美得你！你若不夠剛猛，就得落敗在戰場上，失敗往往就是送死，死了看你還怎麼臭美！」

朱大塊兒：「不一定要剛猛才能制勝。你看流水，它多柔、多弱、多無力，但它亦能覆舟、滅火、斷金，世上許多剛強的事物，都耐不起它的衝激和淹沒。」

唐寶牛忽叫：「好臭。」

朱大塊兒詫然：「甚麼好臭？」

唐寶牛：「花，花的味道好臭。」

朱大塊：「甚……甚麼!?」

唐寶牛咒罵：「死月亮。」

朱大塊兒脹紅了臉：「怎怎怎……麼麼月亮你都要要……罵罵罵!?」

唐寶牛罵花罵月，比罵他自己還激動。

他一激動起來，又口吃了。

唐寶牛更爲得意：「我不止要罵月，還罵風、罵夜、罵你！」

朱大塊兒：「你……你……你……我……我……我……」

唐寶牛呵呵笑了起來，露出森然白牙：「甚麼你你你我我我的！你說啥個以柔制剛，一激你就這樣抵受不住，還算啥人物！人說骨勇的，怒而面白；血勇的，怒而面紅；氣勇的，怒而面青；神勇的，怒而面不改容，你是哪門子勇？生氣起來，舌打結腳打顫脖子不會撐頭！我罵花不該麼，本來好生清新空氣，卻來這一陣濃香，萬一敵人趁機燃了迷魂香也難察覺，這害人的花香能說不臭麼？我來問你：如果沒有風，敵人衣袂之聲便輕晰可辨，而今風吹草動，你說敵在何處？這惱人的風不該罵麼？我卻問你！居然這夜還有月色，這一照，咱們的佈局，先得毀了一半！這光頭月不該罵麼！我可要問你！這夜跟其他千千個夜晚一樣，黑媽媽、烏鴉鴉的，我最討厭！我喜歡大白的天，光亮亮的正大光明，動口的捲舌頭，動手的揮拳頭，動腳的踢他娘個頭，不必鬼鬼祟祟，閃閃縮縮，窩在裡頭。勾心鬥角，勝了不光采，輸了不英雄！我問你：這都不該罵麼？還有你，這般詩意，發姣了是嗎？這樣憂悒，思春了不成？居然在我這樣驍勇善戰的人之身邊一起作戰，這也真是上天編排的一個奇局！」

朱大塊兒這回給罵箇臉色陣青陣白而又轉紅不已，但唐寶牛罵的話他又一個字都反駁不得，只仍在舌尖折騰著：「……奇……局……」

唐寶牛咧嘴一笑：「當然是奇局。我那麼優秀，你那麼差勁。我那麼英勇，你那麼懦怯。我那麼機警，你那麼遲鈍——何況，我也不明白像我那麼英明神武潔身自愛的人怎麼會開始有點喜歡這麼笨騃痴愚可悲可哀的你呢！」

他想不通。

沒料朱大塊兒卻忽爾平靜了下來。

而且嘴角還微微有些笑意。

這惹得唐寶牛忍不住去問他：「你聽了我的妙論高見之後，感動得要哭是不是？那就哭出來啊，不要強裝成笑容，你的笑容實在太難看了！」

朱大塊兒：「我不是給你感動。」

唐寶牛更要問下去：「哦？」

朱大塊兒：「我是給自己感動了。」

唐寶牛不敢置信：「吓？」

朱大塊兒：「你看，你已經給我感化了，所以說話也開始溫柔起來了，你看我能感化得了這樣兇暴的你，我能不給自己感動麼！」

這回輪到唐寶牛為之氣結。

只不過他突然問了一句：「你也不錯，我看錯你了。」

這次到朱大塊兒奇了：「甚麼不錯？」

唐寶牛平靜心說：「原來你只怕蜥蜴，別的甚麼都不怕。」

說完之後，也很平靜的向下望。望他的腳。

於是朱大塊兒也低首去望自己的腳。腳踝。

那兒有一隻水蛭，正附在他的脛踝之間，蠕蠕而動，濕軟肥黏的身子透著暗紅，想必是飽吞了朱大塊兒的血吧？

朱大塊兒靜了半晌。

唐寶牛望著他笑笑：

沒想到這大元寶對這種事物全不在意。

他顯然是下判斷得太早些了。

因為朱大塊兒已暴發出一聲大叫。慘叫。

慘叫聲像一支給捂著裹起來的爆竹在半空悶悶地爆炸。

「我的媽呀——」

朱大塊兒如此狂喊。

僅就是爲了一隻水蛭！

◇◇◇

這時，劉全我、司徒、司馬、還有趙畫四，已潛行穿過甜山山陰的「有味嶺」，進入了「私房山」的範圍裡。

他們往「老林寺」推進：

得先取下「老林寺」。老林寺居高臨下，是甜山的制高點。我們拿下了那兒，就可以佔盡上風。何況，那兒有我們的人，我們可以輕易取得天衣居士行蹤的訊息。要攻甜山，先要進軍老林寺。

這是劉全我的意見。

其他三人都很同意。

趁月色如刀，他們四人分開但不遠離的向目標推進。

這時候，他們便乍然聽見那一聲叫。

那一聲慘叫：

朱大塊兒的嚎叫聲。

◇◇◇

發生甚麼事了？

既然前面有慘叫聲，敢情敵人仍未退走？

可是又爲啥發出慘叫？

是敵人遇敵？是援軍來了？或是敵手們自己內鬨？還是故佈疑陣？

這會兒，自己這幾人，究竟是身涉奇局，還是捲入敵人的埋伏裡呢？

廿二 生局

張炭和蔡水擇埋伏的方式很「特別」。

——雖然「特別」，但他們仍能在一起，而且，也可以淸楚的看見對方的舉止行動。

張炭很留意蔡水擇的「行動」。

這點蔡水擇也發現了。

他本來正在看著地上的螞蟻。

螞蟻正在搬家：有的螞蟻夾在中間「護送」，有的走在前邊和兩側「探哨」，有的伸著觸顎「放風」，有的舉托比牠們自己至少還重上四倍的食物急步猛走。

他在看螞蟻的佈局，就像在下一盤棋，讀一本艱深而有趣的書。

他是那末專注，但忽然抬頭，望向張炭：「你在看我？」

張炭望著眼前的人，像看著自己指甲裡的泥垢。

蔡水擇卻逕自說下去：「你已望了我很久了。」

張炭冷哂：「你知道我爲甚麼要盯住你？」

著。」

蔡水擇：「因爲你怕我溜走。」

張炭：「想不到你還有自知之明。」

「你還是介意我過去那件事？」

「別提過去，我跟你沒有過去，而且，你的事也沒那麼偉大，得教人老記著。」

蔡水擇用手指去碰那燈蕊的火焰。

他用拇、食二指去捏它。

滋的一聲。

火焰居然淡淡的燃在他的指尖上。

張炭冷冷的說：「玩火的人終爲火所焚。怕死的人終究還是死的，怕事的人就算不惹事，但到頭來終還是有事躲不過。」

蔡水擇也不生氣，只是忽然改了話題：「你看今晚會不會有戰役？」

張炭沉吟了一下子：「恐怕難免。」

「是生局還是死局？」

「生死難分，勝負未定。」

「你對今晚的局面會不會有些擔心？」

「我只擔心天衣居士。」

「爲甚麼?」

「因爲元十三限的主要目的,還不是在截擊或阻止對蔡京的刺殺行動,如果要防止有人取蔡京性命,只要在姓蔡的身邊小心維護便是了,何必勞師動眾的到甜山來阻截?元十三限要對付的是天衣居士。天衣居士就算留在『白鬚園』,他也一樣會找上門去的,所以,天衣居士把戰場放到前邊來,讓元十三限背後的人受到威脅,化被動爲主動,反守爲攻。我怕真打起來,我們都幫不上居士甚麼忙。」

「所以你怕?」

「你這是甚麼意思?」

蔡水擇一笑,他的笑意裡有無限緬懷的無奈,但全無敵意:「我記得你以前跟我說過,戰役之前,總是在想:這一刻甚麼時候才過去?我幾時才能過了這一關?過了這一刻的心情又是怎樣啊?在戰役之後多輕鬆啊,但爲啥偏這時候卻是在重大關頭之前,一切仍是未知。你說的:這種時候最是難過……」

張炭的眼睛彷彿給蔡水擇指上的火點亮了。

因爲蔡水擇記住了他的話。

——有甚麼事,比人記住了他自己也認爲得意的話更高興?

所以，其實要使一個男人開心是很容易的事。

——至少要比逗女人開心要花點心思更不花錢。

於是他說了下去：「一場重要的戰役，其迫力只在之前，而不是在戰役中、戰鬥後。戰役裡哪有時間細思？唯有全力以赴，甚麼都忘了。戰鬥之後，結果已定，好的壞的死的生的，都無關重大了。人最感壓力的是在一件事知道它會來臨但仍當未知結果之際。時間是不能改換，轉位的，要不然，前一刹換後一刹，心情便完全不一樣了，所以，面對重大的戰役，我總是在希望它快點過去，並一直在揣想如果現在已經過去了，我的心情又會如何？」

蔡水擇：「只要難關過去了之後，人們多又放鬆了下來，很少去回顧難關未渡之前的忐忑心情，所以也不能珍惜此刻無事便是福的心境。」

張炭：「便是。我也常常在未渡難關時苦思：那些名俠大俠、戰將勇將，在一戰定江山前，會不會也像我一樣會怕？會緊張？會徬徨疑慮？我們只知道他們戰勝這一仗、那一戰，如何名動天下，怎樣威震八方，但他們在一戰功成之前，曾怕過嗎？恐懼過嗎？擔心過慘敗的後果嗎？我不知道。」

蔡水擇：「他們也一樣會怕的。」

「哦？」

「他們是人，是人就會怕，就會注重得失，就會期待取勝。我想：他們在決戰之前，一樣會擔驚受怕的。我也問過一些前輩高手大人物，他們也承認這點，他們還說，不耽憂的就不是人了，而且緊張也有好處：緊張才會把潛力全激發出來，能發揮比平時更大十百倍的力量。所以有時害怕也是好事——有恐懼才有克服恐懼；有難關亦是美事——有難關才有衝破難關。」

張炭這才有了些笑意綻放他臉上的小痘痘之間：「你呢？」

蔡水擇：「我？」

「你還是像以前那樣吧？在決戰之前，為了放鬆自己，故意找些事來分心。我跟你一道作戰過不少次數了吧？那次跟『桃花社』去對付『四大名緝』時，你在研究自己和同行的弟兄們掌中的婚姻線……」

「我本來是看自己的，結果大家都要我看一看。」

「有次我們『七道旋風』去對付『九大鬼』之際，你卻陶醉在自己的腹痛中。」

「那天我確是腹疼如絞。」

「但你卻十分陶醉，像是一種享受。」

「——這也是的，當一個人正忍受斷指之痛，才不會記得蚊子螫了一口的痛。」

「那次我們兩人去伏襲金大朱和朱大金，你卻看著一隻蜈蚣，看得竟似痴了。」

「那的確是一隻美艷動人的蜈蚣。」

「但那只是一隻蜈蚣。」

「哪怕只是一條小小的蟲，上天造萬物，都美得驚人。只要看一花一草一樹一葉，都有著令人一世讚羨不絕的美。」

「所以剛才你就在看螞蟻。」

「螞蟻比人偉大。」

「偉大？」

「牠們比人團結，且不受分化；牠們不止偉大，遠比人強。」

「強？」

「牠們每一隻都可以抬起比牠自己重四十倍的事物，我們人除了少數習武有成的高手之外，僅以本身的能力，爪不如虎利，牙不如蛇尖，便連翅膀也沒有。螞蟻有預知地震、地陷、豪雨、火災和雷殛的本領，這些，我們都付諸闕如。」

「我倒有一些。」

「所以我也喜歡觀察你。」

「但我已經不喜歡你了。我發現你自私，遇上事情，你逃避，你只求自保，你由得兄弟朋友去頂，你退開一邊，以假的熱情來進行真的無情，以傷人的冷酷來進行幫人的把戲。我看透你了。」

蔡水擇垂下了頭：

「我不企求你的原諒。」

說完這句話之後，他就不再說話了。

這時際，卻傳來朱大塊兒驚心動魄的慘嚎。

張炭變色。

蔡水擇卻鎮定：「他不是遇敵，只是不知又踩著甚麼了。」

「你怎麼知道他不是遇險了？」

「這叫聲跟他上次見著一隻蜥蜴時是一樣的。有些人，平時膽小畏怯，但遇上真正的大敵的時候，可能會比甚麼人都勇悍堅定。」

「對了！正如有些人，看來沉著鎮定，但一旦遇上要拿出勇色豪情的大事，他能拿出來的只有好色絕情。」

蔡水擇苦笑。

他知道張炭的話鋒永遠不會放過他。

有些人容易忘了自己做過對不起別人的事。

這是種幸福的人。

但蔡水擇顯然不是。

因爲他常記得自己的錯處。

有些人很難忘記做過甚麼對不起人的事。

這是不幸的人。

張炭顯然是其中之一。

至少他想起蔡水擇在「台字旗」之役就火大。

那一場戰役本來不需要「七道旋風」來打的：

「九連盟」聯合起來，要吞掉「刺花紋堂」。

原因很簡單：「刺花紋堂」不該冒起來，既冒起來，就不能不歸附於「七幫八會九連盟」。

所以，「九連盟」以洪水的身姿來吞噬這小小的但一向以來都以孤苦伸張正義爲職志的小流派。

「刺花紋堂」孤立無援，唯有降或戰。

「刺花紋堂」上下十八人，寧死不降。面對如火山爆發的溶巖，寧可化為灰燼，也求一戰殉死，永不言悔，只怕有憾。

這激起了「桃花社」社長賴笑娥的怒憤。

她去責問「九連盟」虎盟的薩星豪：「你們為甚麼要欺壓『刺花紋堂』？」

虎盟的回答是：

「因為他們不夠壯大。」

她又去問龍盟的王嵯峨。

龍盟的回答更絕：

「因為我們高興。」

賴笑娥登時便說：「那如果我們高興，便也可以站在『刺花紋堂』那一邊，對付你們了？」

王嵯峨大笑：「我們殲滅『刺花紋堂』，如同泰山壓頂，殺這些小派小系小組織，如同踩死螞蟻。妳幫他們？是自尋死路。」

薩星豪也大笑不已：「賴笑娥，還是去管好妳的『桃花社』吧！管閒事是沒好下場的，何況妳為的是武林幾隻耗子，如果得罪的是獅子老虎，多划不來呀！他們是老鼠，我們是貓，為江湖清除敗類，是我們的事，沒妳的事，妳看我們怎麼趕盡殺絕這些不自量力窩在陰溝裡的小輩吧！最好，妳過來幫我們坑殺這些耗子，討箇大功吧！」

聽了他們的話，賴笑娥笑了起來。

張炭永遠忘不了賴大姊的笑。

那是很英氣很男子的笑。

「好，既然如此，我們就幫耗子，貓來咬貓，狗來咬狗，人來也狠狠咬他幾口！」賴笑娥銀鈴一般的語音是這樣說的：「我幫『刺花紋堂』，跟你們鬥。」

薩星豪和王嵯峨都很錯愕：

「太笨了，太荒唐了，太不知自愛了！」

「妳爲啥要這樣做？」

「無他。你們以強凌弱，我就幫弱者，我認爲這樣做是很有趣的事。」

「妳！」

「妳不要後悔！」

賴笑娥平生做事，當然不會後悔。

——無悔不見得就是好事，不知反省的人都不知悔；但一個人若能無悔得來可以無愧，這才是真正能無憾的無悔。

她這樣做，不僅是要站在正義的一方，同時也是站在弱者的一方。

她去挑戰至大的強者。

她的兄弟們都支持她。

於是惡鬥終於開始，張炭、朱大塊兒、「刀下留頭」、張嘆、小雪衣、齊相好等要約蔡水擇一道幫手。

蔡水擇推說他的「天火神刀」未練成，正到要害關頭，不可以半途而廢，所以不能共赴危艱。

開戰不久，「桃花社」和「刺花紋堂」全吃不住排山倒海的攻勢，邊退邊戰，曾一度逃到「大車店」的「黑面蔡家」去，張炭要求蔡水擇暫時讓這干落難的兄弟姊妹們避一避，要他最好還能請動其他黑面蔡家高手前來相助退敵，可是這些都遭蔡水擇一一嚴拒，理由是：

「我父母兄弟姊妹家人這一系，雖生長在『兵器大王黑面蔡家』，但都不是武林中人，我不能插手江湖是非恩怨中，使他們受累擔驚。」

於是既不出手，也不收容。

因此張炭鄙視他、痛恨他，要不是賴大姊阻止說：「說不定他也有難言之隱。為俠道者，可以自己為正義捨死忘生，但不可逼人也為此捐軀捨身。他只要不反過來殺一刀，就算不是我們的兄弟，也可以是我們的朋友。」

那一次，要不是「九大關刀」龍放嘯等人相助，恐怕「桃花社」和「刺花紋堂」就得盡毀。

不過張炭還是不能原諒他。

因爲他真心當過對方是他的兄弟。

——兄弟跟朋友是不一樣的。

你可以關心朋友，但卻會爲兄弟賣命。

——兄弟不是這樣當的。

張炭從此就瞧不起蔡水擇，不屑跟他在一起；這幾年來，蔡水擇又重新出道了，卻怪有緣份的，老是跟他湊在一道，張炭每次都藉故避開。

這一次，卻避不了。

他們不但是在同一陣線裡，而且還是同在一組合裡，更且，他們是同在一起、同伏敵人的進侵，同在一座廟裡。

他們同在的是甚麼廟？

甜山山峰的老林寺。

他們同在廟的什麼地方？

一個敵人不會發現是他們的所在。

那是甚麼所在？

這時候，敵人已開始進入廟裡。

他們看見敵人無聲的進入廟裡大殿，拖著兩條長長的影。

一個手上像拖著一條翻騰著、輾轉著、流動著、蠕顫著的蛇。

那黑身的蛇卻是沒有聲息的。

另一個人手上的鞭映照著廟堂上的燭火，燦亮得像節節都在眼前驚起了金色的爆炸。

那是司馬，還有司徒。

兩人進入了佛殿。

他們顯然沒有發現張炭和蔡水擇。

蔡水擇和張炭卻看見了他們。

他們到底是藏在甚麼地方，才能使他們可以監視敵人的一舉一動，而且還一清二楚，但敵人卻無法發現他們人在何處？

◇◇◇

司徒和司馬一入佛殿，就開始警覺到：有人在注視他們。

可是人在哪裡？

兩人迅速四面搜檢：

沒有人。

但他們應敵多年，幾經江湖大風大浪，自信感覺是不會錯的。

不過，既感覺到敵人的存在而找不到敵人，那就是「敵在暗，我在明」，這是很不利的處境。

除了進來的門外，另外還有三處出路。

司徒笑了：「看來，生路是有的。」

司馬接道：「不過，我們卻像是入了局。」

司徒：「入了局才能破局。」

司馬：「只怕當局者迷。」

司徒：「要不當局者迷，有一個辦法。」

司馬：「那就是要起死回生。」

司徒：「只要找一個人替我們大死一番，我們便可以大活下去了。」

司馬：「所以死局到我們手上，也得變爲生局。」

司徒：「如果這兒確有敵人佈局，那麼，我們這一下可準能砸了他的局；如果沒有，這一試，也一定可以試出來了。」

司馬：「因此，對我們而言，能扭轉乾坤者，永遠也能掌握生局，粉碎死局。」

廿三　妙局

司馬廢和司徒殘的對話似不止是兩人在說話。

他們似是說給第三者聽的。

這就是元十三限把這兩人留在甜山的理由：

因爲這三師兄弟（包括司空殘廢）極有警覺力。

在武林中闖蕩的人，沒有警覺力，就不會有危機感；沒有危機感的人，根本不適合在江湖上生存——皆因江湖風波惡，無處不險灘，一個對危機沒有特殊警覺能力的人，就算武功再好，在江湖道上難免遲早都會成爲犧牲品。

司馬廢的警覺性極高，他跟在元十三限身邊，學到的是：隨時隨刻要提防別人的暗算。

所以他已學會就算眼睛不看著人也可以知道對方在做些甚麼的本領。

司徒殘的危機感也極高。他在傳宗書那兒學得如何暗算人，而暗算人的方法千方百計，千奇百怪，要親自動手已然棋差一著了。最高妙的暗算是受暗算的人著了暗算還終生感謝你的相幫而幫你抵擋住一切暗算。

所以司徒殘已學會光憑著對方的眼睛已知對方想幹甚麼：敵還是友？

至於司空殘廢，曾在蔡京身邊幹過一陣侍衛，他不僅能辨識對方有無敵意，就連那人的情緒高漲或低落，也能分辨出來。並能在對方脾氣發作之前的一刻，能準確捕捉，乘風轉舵，投其所好。

他學會的是作爲一個武林人，武功學得再好都不如把人做好；而身爲一個江湖人，闖江湖的本領要遠比打天下的武功來得重要。

故此，這三師兄弟，全跟元十三限一道出來：因爲對危機能洞悉於其爆發之先的本領，要比殺敵的實力更難能可貴。

正如司徒和司馬其實並不知道這寺內還有沒有敵人。

這佛殿只有：

佛像、神像、羅漢塑像、蒲團、神檯壇、經書櫃、寶幡、佛帳、七星燈、長明燈、檀香……

敵人在嗎？

如在，在哪裡？

如不在，則應會留下蛛絲馬跡。

——只要留下蹤跡，則可馬上追擊。

——敵人既已設下了埋伏，就不會自動暴露，所以一定要「誘敵」。

「誘敵」的條件是：

一定要有「餌」。

甚麼是「餌」？

於是司徒殘拍掌。

他拍掌的方式很奇特。

他用一隻手拍掌。

——誰說一隻手拍不響？

他就拍得響。

而且響聲還很獨特。

◇◇◇

他一拍掌，「餌」就「走進來」了。

——所謂「走進來」，其實是一早就給人「押」進來的。

——所謂「走進來」，其實是「跳下來」，因爲人一直就匿伏在樑上。

一個弱小、美麗、嬌憨的女子，額上有一道深刻的艷疤。

一個妙齡少女。

看她的服飾，就可以知道她是一位村姑。

——這幾個窮兇極惡的魔頭，把一位「村姑」推入老林寺，要幹甚麼？能幹甚麼？

◇◇◇

押她進來的是一名不高不矮的漢子。

他腰畔有一把刀，刀鞘浸著幽光。

漢子沒有臉。

只戴著一張臉譜。

臉譜上不畫五官，只畫一幅意境奇絕的山水！

這少女進來的時候，只有一雙腿能走動。

也就是說，少女上身的穴道，已全然受制包括啞穴——就算她不受制，也因太過驚恐而失去反抗、違命的力量。

這自畫山水爲臉的漢子當然只就是趙畫四。

——問題是：他押一個小姑娘進來想幹甚麼？會幹甚麼？

◇◇◇

司馬、司徒看見這小村姑，彷彿十分滿意，志得意完。

——他們到底準備幹甚麼？

◇◇◇

司徒瞇著眼笑道：「我們用甚麼辦法，比較直接有效一些？」

司馬只說一句話：「把她的衣服剝掉！」

兩人一齊動手。

他們先解開小姑娘的啞穴——他們喜歡聽人慘叫，尤其是女人的慘呼。

村姑尖叫，很快的轉爲哀呼。

衣衫碎如千蝶驚飛，連褻衣也給撕去。

司徒又眯著眼笑。

這回他的眼再也離不開那雪白且柔軟赤裸且清純的軀體。

「下一步呢？」

司馬用舌尖舐舐鼻尖。

「你說呢？」

突然，那戴面具的漢子尖叱了一聲：

「不許強暴女人。」

司徒和司馬都給嚇了一跳。

然後兩人相視而笑。

一個駭笑。

好像很不可思議的樣子。

一個蠱笑。

好像很心照不宣的樣子。

一個說：「不許強姦？」

一個道：「你喫女人又可以？」

趙畫四的臉色如何，誰也看不出來。

但他的態度，誰都可以感覺得出來。

「我吃女人是爲了作畫，你們姦淫女人是爲了作樂。女人是可殺但不可以狎玩的。」

這話使兩人都怔住了。

一個仍舐舐鼻尖，幾乎也要上去舐舐那小姑娘的乳尖。

一個瞇著眼睛就像眼裡兩支橫著的針已給炙熱了一般。

「哦，那也罷了，只不過……太可惜了。這麼標緻的姑娘。」

「唉！美麗的女人竟是可以拿來吃的而不是幹的，真是——那你要怎麼幹？」

戴面具的人沉吟了一下：

「這女子快樂的時候我看過：她正在河邊梳洗頭髮，顧影自憐，那時她一定很開心了，我就把她擄了來。那一刹，她驚恐的樣子我也看過了。但我還未看過她痛苦的模樣——我是說：忍受絕大痛苦的樣兒。」

兩人都笑了。

嘿笑。

陰笑。

「要女人痛苦，這還不容易！可惜你不讓……」

「反正，要一個女人感覺到痛苦，方法有很多——這都能給你作畫的靈感吧？」

這時，那可憐的村姑好像比較清醒過來了，掙扎叫：

「你們……你們要幹甚麼……想幹甚麼!?」

◇◇◇

有些話是不該問的。

有些事是不必問的。

——女人總是在絕不必要的時候會問一些傻話：

例如在一些時候問男人「想幹甚麼」、「要幹甚麼」！

難道她們心裡還不明白嗎？

難道她們真的要男人說出來嗎？

◇◇◇

尊。

司馬一鞭擊碎了一尊羅漢。

殿內的金身羅漢有十八尊，拍碎了一尊，連同四大天王和兩尊菩薩，還有廿三尊。

望著碎裂的泥塊，司馬廢恨恨地道：「還記得王小石是用甚麼殺死傅相爺的吧？」

司徒殘也狠狠地答：「石頭。」

司馬遺恨未消：「他還是在我們面前下的手，害得我們從今而後便不再受蔡太師重用。」

司徒恨得牙嘶嘶的：「我們這個觔斗也栽得夠慘！」

司馬恨從中來：「他還斫了我一刀。」

司徒恨意難填：「他也刺了我一劍……而今創傷猶痛。」

司馬仇深似海的道：「我的刀傷依然未癒。」

司徒恨火如焚：「沒有王小石這一場，咱們也許就不必來這荒山野嶺餵蚊子抓耗子宰兔子了。」

趙畫四露在面譜之外，只有一對眼睛。

那像是幅悲山絕水間的一雙天地之眼。

這眼神很奇特，眸子很黑，但眼白佈滿血絲，那血絲像融在水裡似的，會浸透融揉開來一般。

他眨了眨眼，語音很冷：「但這跟這女子有甚麼關係？她是王小石的妹妹？還是老婆？」

那女子慌忙搖首。

她似乎也不知道王小石是甚麼人，更不知道王小石跟她有甚麼關係。

看她的樣子，就可以知道她正在想：她現在第一次聽到「王小石」這名字的時候，已落得如此下場——待會兒還不知道更是如何下場！

司徒卻說：「她跟王小石無關。」

司馬也說：「她只是個小村姑。」

司徒：「但我們要報仇。」

司馬：「報不了仇也得洩憤。」

「這兒有很多泥塊。」

「這些泥塊都很堅硬。」

「我們用它扔人——」

「扔在人的身上，會很疼——」

「——打在這嫩柔柔、光禿禿的女子身上，一定留下青黑的瘀傷……」

「……要是扔在臉上，她的花容月貌，便會給毀了——」

「這樣，我們便有一種復仇的快感。」

「而且，你也可以真正欣賞到女人——尤其是漂亮、可愛、未經人道的小村姑痛苦的模樣。」

趙畫四的眼睛發了亮。

一種近乎野獸噬人時的神采。

他明白了兩人已說出來的用意，也明瞭這師兄弟沒有道出的用心：

他們打女人。

——打女人的男人不是男人。

所以，如果俠道中有人在，就一定會出手阻止。

——他們一旦出手，就正中下懷。

他們一早約定，叫趙畫四抓住這無辜無依的村姑，為的就是當「餌」。

他們就是要試出天衣居士或他的子弟們在不在。

——只要對手一出手，他們就一定能先對手的出手而下毒手。

誰教他們是俠道中人！

——誰叫他們有所爲和有所不爲！

一個真正吃得起武林飯、流得起江湖血的道上人物，就一定要百無禁忌，六親不認。

所以他們可以剝光女人的衣服。

強暴她。

打她。

殺她。

而且居然還可以像司徒這樣老著臉皮說：

「由於這是個妙齡少女：所以這是個妙局。」

還得像司馬這樣厚顏的問：「你說這妙不妙？」

廿四　格局

於是司馬和司徒開始「投石」。

——投石是爲了問路！

他們投的是泥塊。

也許他們殘酷和快意的想「狎玩」得久長一些，所以手上並沒有很用勁。

但這也夠慘的了。

第一塊泥塊，擊中村姑的小腹。

村姑給綁在柱上。

她痛楚的俯下身去，黑髮在玉頸上勾勒出黑白分明動人心魄的姿態。

第二塊堅硬的泥石，打中她右乳首嬌嫩的紅梅上，她慘哼一聲，仰首向天，痛得全身都發顫不已，更顯得她嬌嫩無比的求死不能。

第三塊泥石，擊中她的額，血自那兒不住的冒出來，她全身痙攣了起來，到第四塊石在她潔白之軀留下了青紫，她只能發出小貓猶在寒冬時瀕死前的哀鳴嗚咽。

司徒哈哈大笑，問趙畫四：「你要不要也來一塊？」他塞了一塊堅泥團給趙畫四。

司馬更趁風撥火的說：「給她臉上來一下子，讓她那標致的臉蛋兒再也分不清五官，咱們再上來樂她一樂，才讓她死——」

話已說到這兒
局面已生變化

◇◇◇

司馬和司徒，用泥塊扔向雪白的女體，看到那女子痛苦的樣子，心中的確也生起了獸慾。

其實用「獸慾」二字也並不妥當，因爲野獸也大都不愛折磨牠的性伴：只有人——至少好些人喜歡這樣，正如許多人愛把自己的快樂建立在別人的痛苦上。

不過，司徒和司馬也很警省。

他們虐待的目的不止爲了洩欲。

而是爲了要激出埋伏的人——或者，試探出到底有沒有敵人潛在這兒。

他們認定：只要有俠道中的人在，就一定不能忍受這種場面。

——俠者怎能忍見他們如此虐待一弱女子？所以他們選中了這樣一個女子。

——美麗得令人心碎。

——甜得每一聲哀呼都可以要人屏息。

——青春得使人覺得不回頭也已百年身。

——連她額上的疤，在痛楚之際，也增其艷。

所以他們要殺傷她。

要讓天衣居士的門人現身來救她。

——這就是投「石」問路。

◇◇◇

路呢？

有沒有路？

——是生路還是絕路？

路是人走出來的？人呢？人是不是路走完了就過了一生，是謂人生的路？

趙畫四手上的泥團還沒扔出去，遽變已然發生——

也許是因爲那小村姑的痛，許是因爲這小姑娘所受的傷，令人不忍，故此，有一尊金身羅漢，眼睛眨了一眨。

只不過是眼一霎。

霎眼有沒有聲音？

有，只不過平常人聽不到。

但習過武的高手眨起眼來，就能令練過武的高手也一樣聽不到。

可是司徒殘馬上察覺了。

他一鞭就向那村姑抽了過去，鞭風撕空。

他不是攻向那尊沒有眉毛但正自剖腹剜心的羅漢。

他彷彿是奮亢過度，驟然向村姑下毒手！

果然，這回，那尊羅漢連嘴角都搐了一搐。

這就夠了。

司徒殘就是要敵人分心。

要敵人不忍心。

司馬廢已迅疾無倫的疾閃至四大天王塑像下，那尊剜心剖腹無眉羅漢之後，一記金鞭就砸了下去。

這凌厲無儔的一鞭，竟是無聲的！

◇◇◇

他們發現了敵人。

他們終於找出了敵人的位置。

現在他們要做的，當然就是殺敵！

◇◇◇

司馬廢一鞭向羅漢頭上砸落！

羅漢似不知頭上有鞭打下。

司馬廢也不防他自己頭上有個天王。

天王手上也有一根金鞭。

那金鞭也正向他砸落，凌厲無聲！

他沒有發現，可是司徒殘驚覺了。

他急要救司馬廢。

司徒殘鞭長。

他使的是蟒鞭。

一鞭捲向天王。

鞭風所及，整個神殿爲之驟暗了一暗。

鞭像一條活蛇，卻有著電的靈姿。

這一鞭是要救司馬的。

但卻抽擊在司馬的腰間。

因爲他已看不見。

——一個失去了頭的人又怎看得見自己的出手？

擊出那一鞭的時候，司徒殘當然是活著的，但抽出那一鞭之後，他卻已是死人。

因爲趙畫四突然拔刀。

這刀拔出來，沒有刀的形狀。

只有一把火。

他也甚爲錯愕，沒想到掛在自己腰畔的刀竟是這樣子的，但他仍一「刀」斫了出去。

一刀就斫下司徒殘的頭。

◇◇◇

由於刀極快、且利，一刀下去，頭飛出，血仍未濺。

頭落下，眼珠子轉了一轉，還會說：「好快的刀……」

這才斷了氣。

竟是這麼快的一把刀。

而且還這麼怪。

「趙畫四」一刀斫下了司徒殘的頭，居然還得到他的讚美，心中不覺掠起了一陣慚愧。

同一時間，司馬廢一鞭砸碎了羅漢的頭。頭碎裂。

真的是碎裂，卻沒有血。

也沒有肉。

只有泥塊。

——泥塑的羅漢又怎會霎目啓唇!?

不止眨眼開口，這碎了頭顱的羅漢，本來正掏心挖腹的雙手，竟一把抱住了司馬廢。

司馬廢此驚非同小可，這時，他已發現司徒殘的頭飛了出來。

他立刻掙扎。

但那「天王」的鞭也正砸著他的天靈蓋。

他的頭也碎了。

跟那尊羅漢一樣。

所不同的是：

他卻有血。

有肉。

而且是血肉模糊。

◇◇◇

司徒殘、司馬廢都倒下了。

司馬廢和羅漢都頭顱碎裂：當司馬廢不能再動彈時，奇怪的是，那羅漢也不動了。

「趙畫四」冷笑道：「好，黑面蔡家的兵器果然匪夷所思，難防難測，我算是見識了。」

原來，那羅漢既不是人扮的，也不是真的泥塑的羅漢。

那是，「黑面蔡家」的「秘密武器」。

——一種會眨眼、揚眉、聳肩、甚至說話，會讓敵人誤以爲是「敵人」的武器。

既然羅漢不是羅漢，而且是「武器」，那麼當然就是「火孩兒」蔡水擇的武器了。

蔡水擇自然就是那拿鞭的「天王」。

他平時使的「稱手兵器」：天火神刀，卻交給了「趙畫四」。

——有誰能扮「趙畫四」的語氣聲調，如此維妙維肖，連司徒、司馬這兩個警覺性極高的人物都瞞得過？

當然只有張炭了。

——精通「八大江湖術」，同時也是怒江賴笑娥拜把子義弟的「飯王」張炭！

張炭本來跟蔡水擇就在這佛殿裡，只不過一個是在樑上，一個扮作天王在檀桌上說話。

他們之間，本來就有一個女人。

一個啞穴給封了的女子。

◇◇◇

蔡水擇喃喃的道：「這兩人本不會死，也不致死，可是，他們身爲武林人，拿一個弱女子如此作賤，也太不成格局了。」

張炭把那火似的刀收回鞘裡，遞回給蔡水擇：「這種人，本就該殺。刀還你。」

蔡水擇猶豫了一下：「這刀你用得比我稱手，不如……」

張炭即截道：「刀是你的，我不要。」

蔡水擇伸手接過，臉上閃過受傷之色：「五哥，你又何必……」

張炭逕自去解開那女子的縛和穴道，同時替她披上衣衫，喃喃地道：「本來是武林之爭，卻老是讓無辜百姓、無告平民來受累。」

那女子很感激他。

居然還衝著他一笑。

皓齒如編貝。

甜，而且帶點媚。

美得令張炭一呆。

就在這刹間，這女子右手五指突然已抓住了他的脖子，就像下了一道鋼箍似的，張炭立即反應，雙手一格，但脖子已給扣住，同一刹間，這女子左手五指已彈出三塊泥片，呼嘯急取人在丈外蔡水擇的要害！

廿五 出局

蔡水擇的反應已極快。

他生警覺是因爲那女子笑。

那女子不該笑。

——任何女子，在這時候都不該笑。

誰還能笑得出來!?

——除非不是普通的女人……

他想到這一點的時候，那女子已出手，張炭已受制。

他卻不退反進。

因爲他要救張炭。

他雙手一揚。

這電光火石間，他兩手居然已戴上了一雙多色五彩的手套。

可是，令張炭失望的是：

那三塊泥片，蔡水擇竟一塊都沒躲得開去！

所以他身上多了三道血泉。

那女子尖叱一聲：「站住，否則他立即便死！」

蔡水擇猛然站住。鮮血自傷口狂湧而出，很快的，蔡水擇已成了血人。

然後張炭瞥見蔡水擇一對手套間有事物閃了閃。

黃光。

張炭心中暗叫：慚愧！

◇◇◇

原來這電掣星飛間，蔡水擇已接下了另外兩件極爲歹毒的暗器——那三塊泥片比起來，只是障眼法，微不足道；要是他著的是這兩片悄沒聲息細如牛毛的暗器，蔡水擇此際流的只怕不是血，而且剩下的如果不是一灘黃水就是一堆腐肉了。

◇◇◇

蔡水擇負了傷。

但他接下了致命的暗器，同時也把距離拉近了五尺。

他也沒料到這無依女子竟然是敵人，正如司馬、司徒也沒料到「趙畫四」竟是張炭一樣。

——當他們使敵人「入局」的時候，同時也「入」了其他敵人的「局」。

其實，對打、對敵、對弈都是這樣：你進攻的時候也等於是最好的防守，不過，你一旦攻擊，自己也有瑕可襲了——出擊的時候也是防守最虛弱之際。

你要攻人，就易受人所攻。

你要對付人，人就會趁此對付你。

誰勝誰敗，誰生誰死，就要憑運氣和實力。

◇◇◇

蔡水擇長吸了一口氣：「妳是誰？」

女子一笑，甜糊糊也美懵懵的道：「我？我自己也不知道。我連做夢也在問自己是誰哩。」

蔡水擇目光有點發亂：「莫非妳是……近日江湖中崛起那個可怕的姹女……」

女子笑得有點俏傲，這使得她的美很有點膚淺，像只甜不香的糕點。

突聽張炭嘶聲道：「『無夢女』！妳是『無夢女』！」

「『無夢女』？」女子梨渦淺淺的一笑：「反正隨便你們怎麼叫，我只想知道，怎麼趙畫四變成了你？」

是的，趙畫四怎麼變成了張炭？

正如嬌戇的村姑怎會變成了無夢之女？

◇◇◇

朱大塊兒的尖叫，幾乎沒把唐寶牛嚇成一條水蛭。

他撲過去捂住朱大塊兒的嘴。

朱大塊兒睜大了眼，唔哼作聲。

「你想死是嗎！」唐寶牛沉聲喝道，「你這一叫，咱們的位置不是全給暴露了！」

朱大塊兒五官都擠在一團，他那張跟臉型不成比例的小嘴企圖要掙脫唐寶牛的大手。

唐寶牛跟他約法三章：「哪，無論你看到豬狗牛羊貓、雞鴨魚蝦蟹、連同你老爸、老婆都不許再叫，知不知道？」

朱大塊兒脹紅了臉，點頭不迭。

唐寶牛這才放了手。

朱大塊兒嗆咳不已，口水鼻涕一齊湧了出來。

唐寶牛這倒關心了起來：「你喉嚨不舒服？傷風？感冒？哮喘？百日咳？老兒痲痺症？發羊癇？還是痲瘋？」

朱大塊兒的一口氣幾乎喘不過來：「你……你……你……你把我連口跟鼻全捏死了，教我哪兒呼吸去？」

唐寶牛這才訕訕然道：「都怪你！臉比豬頭還大，一張嘴卻只龍眼粒那麼小！」

朱大塊兒皺著眉，想嘔吐的樣子。

唐寶牛詫問：「怎麼？又恁地啦？」

朱大塊兒艱辛地道：「你的手摸過甚麼？怎麼這樣臭！」

唐寶牛奇道：「很臭嗎？」他把手放到面前聞聞，一副不以爲然的樣子，還問：「怎麼臭法？」

看朱大塊兒的痛苦樣子簡直是想把口鼻一起換掉：「像……像死老鼠……又像

……鹹魚的腸肚。」

唐寶牛一聽，反而穆然，想起了甚麼似的，得意洋洋無盡回味的看著自己的一對手，笑道：「……這……這也難怪。」

「甚……甚麼？」朱大塊兒不禁追問，「剛剛剛剛……你的手摸摸摸過甚麼來？」

唐寶牛神秘的笑笑，反過來怪責他：「都是你。要不是你叫，我才不捂住你，不就沒事嘍？你這一叫，把敵人都驚動了，咱們豈不危乎？還連累了蔡黑面和張飯桶！」

朱大塊兒倒是沉著：「不把他們引來，我們佈局作甚？」

唐寶牛倒是一怔。

「咱們不故意暴露在這兒，敵人怎麼會來？敵人找不到這兒，咱們兩組人佈的局有啥用？」

這番話唐寶牛居然一時駁辯不來。

朱大塊兒反問：「敵人要越過甜山山陽的私房山這邊來，有甚麼路線可走？」

唐寶牛想也不想，便答：「一般人只能走山徑，經『老林寺』搶入山嶄這邊來；如有絕頂輕功，也可自絕壁攀上這『私房藥野』來。所以，咱們把在這兒，飯桶和黑面守在『老林寺』，扼死他們進攻的咽喉。」

朱大塊兒倒是利利落落的接他的話：「咱們佈局艱辛，為的便是要他們入局，他們不來，等鳥拉屎不成？我這一叫，他們要是打從老林寺撲入，正好踩了張炭蔡黑的埋伏；要是攀絕壁而上，不就是正光顧我們開的攤鋪嗎！」

唐寶牛倒沒想到朱大塊兒說來頭頭是道，他心中不是味兒，只好看微薰的月色映照下的一地藥材。

這一帶是野生藥材的盛產地，許多採藥的人都把青草藥放到這平野上來晾曬。

——這兒的人多已給唐寶牛等「請走」、「暫避」了。

因為一場大戰就要爆發。

他們不想牽連無辜。

——這作風跟山陰那邊恰好不同。

很大的不同。

——那邊的人不是給人殺光就是嚇跑了。

這一帶除了長了不少珍貴的藥材之外，地上也鋪著不少採藥者不及收走的藥物。

唐寶牛覺得給朱大塊兒這番話說下來，不大是味兒，看到地上藥材，便還是回刺幾句：「我不怕他們來，只怕他們不來！你不一樣，你膽小，還是先在地上撿些壯膽治傷的藥，先服幾劑，省得待會兒一見血又大呼小叫的。」

朱大塊兒雙眼直勾勾的道：「不會的。」

唐寶牛奇道：「甚麼不會的？」

朱大塊兒平平靜靜的道：「我不會亂叫的。」

唐寶牛更奇：「爲甚麼？」

朱大塊兒眼睛發出異光：「你不是不許我叫的嗎？現在人已來了，我都不叫了，有甚麼好叫的？」

唐寶牛聽他這樣說，心裡一寒，乍然回頭，就看見一個人，在疾奔中驟止。

此人寬袍大袖（袍裡至少可以藏匿三個人，而雙袖裡也可以藏得了兩個人），奔行甚速，正在迅疾接近自己的背後。

唐寶牛身前是荊棘林，背後的茅屋之後，便是絕崖；也不知那人是怎麼攀上來的，居然還臉不紅、氣不喘，且說停就停。

停得好像本來就沒有動過一樣。

在如比疾馳中陡停，就像早已釘在那兒飽經歲月風霜的石像一般。

這人樣子生得很精猛。

他的衣著很寬，嘴也很寬，眉額都寬，但全身上下，無論橫的直的都沒有一絲多餘鬆垮的肌骨。

這人遽止之際，距離他只剩二丈三。

這人以一雙湛然的眼神淬厲的怒視他。

唐寶牛只覺腦門一陣痛入髓裡，彷佛那眼神已穿過他的眼瞳刺入他的腦裡。

唐寶牛知道：

敵人已至！

他第一個反應不是怕。

而是生氣。

——生氣在該叫的時候，朱大塊兒卻不吭聲，要不是他自己察覺得快，說不定早已爲這看來十分風派的敵人所趁了！

◇◇◇

無夢女在神殿香火的掩映中，像一個不真實的夢。

一個甜得那麼不真實的女子。

一個這麼噩的夢。

無夢女卻催促張炭：「快說呀，你卻是怎樣變成了趙畫四？你怎麼知道他在甜山這一伙人裡？你怎麼騙倒瞞過這兩個精似鬼的死人？」

張炭艱辛的喉嚨格格有聲。

他的脖子給無夢女的纖纖玉手扣住。

輕輕抓住。

但他幾乎已不能呼吸。

很難說話。

不過，他的手也似抓住了無夢女的內臂，兩人站得十分貼近。

無夢女笑了。

笑得很慧黠。

慧黠是一種美，對男子而言，那是女子一種聰明得毫不過份的漂亮。

「你諳腹語，根本不必用喉音說話。『八大江湖一飯王』張炭，誰不知道他絕活兒比毛髮還多！」無夢女不知是譏他還是讚他，「要不然，剛才也不會把趙畫四的聲調學箇十足，司馬司徒，也不會趴在地上連死狗都不如了。」

蔡水擇清了清喉，「據我所知，元十三限帶來九個幫手，都沒有女的，也不是女的，妳……」

無夢女嫣然一笑道：「你們先回答了我，我才考慮要不要答你的問題。」

蔡水擇又乾咳一聲道：「我的意思是說：如果姑娘本就不是元十三限或蔡京的人，跟我們素無宿怨，也素昧平生，何不高抬貴手，放了張兄，咱們就當欠妳一個情如何？」

無夢女微微低眸。

她像在看自己的睫毛。

不只在看。

還在數。

張炭悶哼了一聲道：「——你不必求她，還不知誰死……」

忽痛哼一聲，說不下去了。

蔡水擇又嗆咳一聲清了清語音。

只聽無夢女清清幽幽的道：「你咳是咳，說是說，就別移近來，你剛才已移近了半尺了，再移一寸，我就先要了他的命。」

蔡水擇一聽，立刻倒退了一步。

只見張炭一張臉，已掙得通紅，臉上的痘痘更是紫紅——像每一顆小瘡都充滿著青春活力，要爭著說話似的。

痘瘡自然不會說話。

張炭顯然正在運功，連眼珠子也怒凸出眶緣了，但就是說不出話來。

所以蔡水擇立刻道：「你們那兒，有一位是我們的人。」

無夢女的眼色忽爾蒙上了一陣淒清的悔意：「看來，我不該問的。」

這回到蔡水擇反問：「爲甚麼？」

無夢女莫可奈何地道：「因爲我知道了這些，你們就非得殺我不可，所以，我也只有非殺你們不可了。」

蔡水擇也頗有同感，「可是，妳偏要問，而且，我也知道，說假話是騙不倒妳的。」

無夢女微微一笑，真是含笑帶媚：「當然騙不了。男人說謊，怎瞞得過女人？要論說謊，誰說得過我？」

她倒是當仁不讓，捨我其誰似的。

蔡水擇也不辯駁，卻忽爾側了側耳朵，黑臉上有一種熟悉的人看去會覺得極不尋常但一般不相熟的人看去又不覺甚麼不一樣的表情來。

他只是說下去：「那人通知我們：上甜山來的人，至少有四個，並且是哪四個。只不過，那人也不肯定：元十三限在甜山還是鹹湖，就算他在一處，會不會突然掉頭到另一處，那是完全無法預料的。」

無夢女淡淡一笑：「所以，你們知道了是誰，便推測到他們如何佈陣，於是便先佈下局來等他們了？」

蔡水擇又側了側耳，像他的耳裡給倒灌了水似的，但那種幾乎神不知、鬼不覺的神情已然消失了：「我們要從趙畫四入手。」

無夢女同意：「他常年臉戴面具，裝神扮鬼，反而最易爲人冒認——何況，張炭扮啥像啥！」

蔡水擇這回連耳都不側了。

「張飯王以前曾跟趙畫四照過面、朝過相、說過話，所以先行扮成趙畫四，候在溪邊，果然使司馬、司徒上當，誤以爲是他，而那時候，妳又恰在溪邊……」

說到這裡，蔡水擇就打住沒說下去了。

由於張炭和無夢女之間站得極爲貼近，無夢女的手扣住了張炭的咽喉，但張炭的一雙手也扳住了無夢女的內臂——看來，他們的姿勢彷彿十分抵死纏綿，相當繾綣銷魂似的。

其實，也許打鬥和造愛都是一樣，那是另一種不同方式的親熱。

無夢女似乎也有些神遊物外。

張炭正大口大口的喘著氣，他的口氣直噴到他對手的嫩臉上來。

無夢女頭側的一綹髮勾，也給他的口氣噴得招招曳曳。

無夢女眉心蹙了蹙，問：「怎麼不說下去？」

蔡水擇道：「接下去的妳都知道了。」

無夢女道：「接下去是司馬、司徒發現了我，叫張炭扮的趙畫四抓住我當人質，然後就是他們死了，還有發生了而且現在還發生著的事。」

蔡水擇道：「現在的事未完。」

無夢女道：「是未完。」

蔡水擇道：「飯王一向是個沒完沒了的人。」

無夢女道：「我也是一個不達到目的也不完不了的女子。」

蔡水擇正色道：「不過，接下來的事，我卻一點也不明白。」

無夢女只一笑道：「這也難怪。」

蔡水擇道：「假如妳跟元十三限是同一夥的，那麼，我們算是螳螂捕蟬，黃雀在後，著了妳的計。可是，妳明知道他是冒充的趙畫四，爲甚麼還要讓我們殺了司徒殘和司馬廢呢？」

無夢女展顏一笑。

也不知怎的，此際她笑來有點吃力。

雖然她的笑仍帶著杏仁味。

——但已像從甜杏轉成了略澀的仁。

蔡水擇繼續道：「如果妳不是元十三限的同路人，妳又何必抓著張飯王不放？而且，以妳的身手，更不必要給張炭抓住、受那殘、廢二人的凌辱？妳這樣做，爲的是甚麼？妳到底是局裡人？還是人在局外？是妳佈局？還是妳誤踩入這局中？」

無夢女笑了。

她的笑是有顏色的。

緋色。

但眼裡的顏色則帶著約略的驚。

駭。

「你猜不透，是因爲只懂佈局，不懂得超乎其上，抽身而出。我是先行出了局，才再來擺佈大局的。一個高明的人，最好能懂得如何出局，才來佈局。」

廿六　大局

蔡水擇頓時回復他的好學不倦、不恥下問，「願聞其詳，敬請指教。」

無夢女道：「你們有人潛在我們那兒，你們那兒自然也可以有我們的人。」

蔡水擇敬誠的道：「這個當然。」

無夢女笑問：「你不問我是誰？」

蔡水擇道：「妳也沒問我。」

「問了也沒用，是不是？」

「是。問了，不說的，仍是不會說的；要說的，也不知道是不是故佈疑陣，讓我們錯殺了自己人。」

「所以，就算你說有人在我們那兒臥底，一如我說我們早有棋子伏在你們之間一樣，都不知真假，得要自己判斷。」

「但我們殺了司馬、司徒，卻是千真萬確的事，妳大可出手阻止的。」

「因爲他們跟我無關。」

「無關！？」

「很簡單。元十三限也懷疑你們有人佈在我們的陣容裡，所以，他另留有兩道殺手鐧，是完全不為人所知的。」

「——其中一道就是妳。」

「他們也不知道有我。我一向都在局外。」

「妳先留在這兒，扮作村姑，卻恰巧給司徒神鞭、司馬金鞭選上了。」

「我也不認得他們，但從元老口中知道有這兩個『自己人』。」。

「所以他們死活，與妳無關。」

「他們這樣對我，我豈會關心他們的死活？我要達成的任務是破壞你們的佈局，迫出天衣居士，他們死生都不重要。」

「因此妳也只知道有個趙畫四，但並不認得他。」

「我起先也真以為他是趙畫四——不過，他劫脅著我，也封穴道，但都沒用過重手，對我很好。」

「這跟傳聞不一樣，反讓妳生疑了，是吧？」

「這還不疑，倒是白痴了。」

「所以他一動手，妳就知道他是誰了。」

「我從他封穴道的手法中知道他決不會是趙畫四。」

「不過妳也不打算救這使鞭的兩人。」

「我一向不打算讓隨隨便便就看見我身子的人可以隨隨便便的活下去。」

蔡水擇彷彿很有點遺憾：「可是，我也看到了。」

無夢女也接得很快：「所以，我也沒打算讓你們可以安安樂樂的活著。」

蔡水擇的黑臉孔和棕瞳仁卻閃過一絲狡獪之色：「不過，妳說了那麼多的話，問了那末多的事情，我看卻是暗渡陳倉，別有用心。」

無夢女瞟了他一眼。

這眼色裡就算沒有恨意，也肯定會有忿意。

「哦？」

蔡水擇這才朗聲道：「因爲看來張飯王是爲妳所制，只是，他的『反反神功』已然發動，現在的局面已漸漸轉了過來：妳已爲他所牽制住了！」

◇◇◇

「私房山」的「藥野」上。

唐寶牛與來人對峙。

唐寶牛高大、神武、厲烈、豪勇，看去就像是一尊不動明王。

他很有自知之明。

他的「自知之明」是知道自己長處、明白自己的好處。

所以他先長吸一口氣。

（一吸氣，他的胸膛就挺了起來，而且體積也似漲大了，自信，當然也就緊隨著膨脹了起來。）

然後他用很有力的眼睛望著對方。

（只要眼神一用力，彷彿從拳頭到信心都有力了起來，打一個噴嚏都直似可以使地底震動、月亮傾斜。）

接著他用手撥了撥亂髮。

（不是梳理好它——而是撥得更亂，這樣看起來才更有性格、更有氣慨、更難纏難鬥！）

一切的「架式」都「齊全」了，他才用一種滾滾燙燙浩浩蕩蕩的聲勢／聲調／聲威說：

「閣下是誰，鬼鬼祟祟的想幹甚麼⁉要幹甚麼⁉」

那人目光振了一振，長了一長。

唐寶牛只覺自己眼瞳視線如遭痛擊，震了一震，斂了一斂。

那人啓口，還未說話，唐寶牛已強搶著說話：

「明人不做暗事，我先報上大名讓你洗耳恭聽：我就是神勇威武天下無敵宇內第一寂寞高手海外無雙活佛刀槍不入唯我獨尊玉面郎君唐前輩寶牛巨俠——記住，是巨俠，而不是大俠，巨俠就是大大俠的意思，明白了沒有？——你是誰？快快報上名來，唐巨大俠可不殺無名之輩。」

那人雙目中的淬厲神采終於縮減了一大半。

不但他傻了眼，連在旁的朱大塊兒也爲之咋舌。

那人雙袖一捲，在夜空中「霍」地一聲，好像至少有兩個人的脖子折在他袖中了。

「我是來殺你們的，用不著通報姓名——」

話未說完，唐寶牛已發出霹靂雷霆似的一聲大叱：「這算啥!?你行過江湖沒有？未動拳腳，先通姓名！這規矩你都不懂！你老爸沒給你取名字不成？我四川蜀中唐家堡養條魚，也有名字，其中一條叫朱大金，一尾叫金大朱，還有一尾叫豬狗不如，但都有個名字！你卻連名兒都沒，不是宵小之輩是啥!?」

那人給他一番搶白，倒是噎了氣，氣勢也不如先前浩壯了。

唐寶牛這才肅起了臉，問他：「你是『狼心死士』藍虎虎？」

那人直搖手。

唐寶牛嗯了一聲又問：「你是『一言不合』言句句？」

那人也搖首。

「你是『逼虎跳牆』錢窮窮？」

那人擺手兼擰頭。

唐寶牛怒吼一聲，震得荆棘處滿天昏鴉震起。

「那你這畏首藏尾之輩，倒底是誰，報上名來!?」

他故意胡謅了幾個人名，爲的是要一挫再挫對方的鋭氣。

這一下，那人氣勢確已全爲唐寶牛所奪，只及忙著回答：「我……我姓劉……劉……」

「劉甚麼!?」唐寶牛眼瞳放大、鼻翼張大、吹鬍髭咆哮道：「劉邦!?劉備!?劉阿斗!?」

那人給嚇退了一步，突然，仰首望月。

他臉灑上一片月色。

眼睛也突然冷了下來。

利了起來。

然後他用一種涼浸浸的語音道：

「我是來殺人的，用不著告訴你甚麼。」

還是那句話。

但這次他說的時候，彷似已下了決心。

下定決心只動手，不再多說甚麼。

唐寶牛看得心中一涼。

因爲他知道來人是誰。

他一早已然知道。

——來人是「風派」掌門劉全我。

他只是想故意激怒對方：

對方一旦懊惱，他就有機可趁。

可是對方突然不生氣了。

唐寶牛馬上覺得有點不妙。

他在動手前喜歡激怒對手。

對手一旦動怒，一旦失去理智，便容易犯下錯誤，他就能輕易取之。

他至怕有兩種反應：

一是激而不怒。

一是反而利用了怒火來發揮更大的潛力。

現在眼前的敵手顯然就是前者。

他用冰涼的月色來冷卻自己的怒意。

唐寶牛聽過蔡京手上有「十六奇派」爲他效命。

其中「風派」的頭子叫劉全我，是個十分出色的好手。

他的絕招叫做「單袖清風」。

他的絕招中的絕招叫做「雙袖金風」。

唐寶牛的手突然探進了鏢囊。

他的手一旦伸進了鏢囊之際，他臉上的神情，立刻像是勝劵在握、大局已定似的，而且充滿了狂熱。

劉全我本來已恢復了他的冷漠。

殺人本來就是件冷酷的事。

可是他一見唐寶牛狂熱的神情，立即動了容，再瞥見對方的鏢囊，更是變了色。

「你……你真的是蜀中唐門的人！？」

——的確，川西唐家，暗器無雙，環顧武林誰敢招惹？

唐寶牛於是開始吟詩。

詩吟漫漫，悲歌縱放：

「……思牽今夜腸應直，雨冷香魂弔書客。秋墳鬼唱鮑家詩，恨血千年土中碧。」

劉全我額上開始滲著汗。

他的眼神彷已凝固。

他發現自己失去了把握。

失去了縱控大局的信心。

他本來正要發出「單袖清風」。

但他卻怕惹來了蜀中唐門的暗器。

——聽說蜀中唐門的暗器，已到了匪夷所思的地步，他們能在煙花中炸出根本無可躲避的暗器，據說在唐家堡裡，連一場雨中下的也不是雨滴，而是暗器，一個真正的唐門好手，就連身上一條毛髮也是一流的暗器！

他正疑慮。

這時，朱大塊兒忽低聲叫道：「唐哥哥，你的褲子怎麼濕了？」

濕了？

唐寶牛乍聞，臉色遽變。

劉全我一聽，大喜過望，馬上出手。

「單袖清風」。

他一袖子就打出去，號稱「鐵塔凌雲」的余也直，就給這一袖打成了十七、八截。——余也直是唐寶牛的師兄，只不過，唐寶牛甚麼武功都練不完就放棄，所以他的師兄、師弟、師姊、師妹、師父、師叔、師伯甚至師侄都很多很多，但他的武功卻沒幾個肯認他作同門。

◇◇◇

老林寺內，燭火晃閃。

無夢女的甜靨已不甜了。

反而是一張厭怒的臉。

張炭的一張臉，又紅又黑，也更紅更黑了。

無夢女發現已給蔡水擇瞧破，就不再裝作了。
她在掙動。
也在掙扎。
（不是她控制著張炭要穴的嗎？）
張炭也在掙扎。
拚力掙動。
（他不是給無夢女箝制住要害的嗎？）

◇◇◇

無夢女掙紅了臉，嗔惱叱道：「你……放手！」
張炭也喘著氣道：「是是妳抓抓抓我的……妳放手才是！」
「我……放不了啊！」
「我……我現在也沒辦法！」
「你這人！你練的是甚麼死鬼武功！」
「我……」

蔡水擇這才恍然大悟。

他忍不住笑。

「你笑甚麼!?」

張炭和無夢女一齊叱喝他。

「張飯王練的是『反反神功』……」蔡水擇笑得岔了氣，就差還沒斷了氣，「妳制住他，他就用妳的功力來反制妳。妳硬要強撐，現在兩種內力已纏結在一起，分不清彼此了，你們要自分開、拆解，也不容易了！這叫兩位一體，哈哈哈……你們倆兒，可真有緣，天造地設！」

無夢女掙紅了臉，罵道：「這是啥陰損功力！你還不快放！」

張炭喘息申辯：「我這功力不陰損，是妳先暗算陰損我，我的功力才會反撲……現在鬧成這樣子，我也一時撤功不了了……」

「你不要臉！」

「臉我可以不要，但我要飯！」

「你還貪嘴！」無夢女惱羞成怒，「看我不殺了你！」

無夢女當然不是甚麼菩薩仙子，說她是個羅剎女，也是輕了。

她要殺人，就是殺人，絕不輕恕，更不輕饒。

但她現在只光說殺不下手。

主要是因為：

她和他已真的「連成一體」。

——「反反神功」已把兩人的身體四肢連成一道，她要制住張炭，無疑也等於制住自己；她要打殺張炭，也得先要打殺自己！

無夢女當然不會殺傷自己。

可是局面十分尷尬。

這時張炭已摘下了面具。

他除了臉略圓一點、身材略胖一點、臉上痘子略多一點、膚色略黑一點之外，的確是個看去英偉看來可愛的男子！

無夢女雖然是個有名的女子殺手，但她自九幽神君調訓以來，行事乖僻毒辣，但對那群如狼似虎的同門師兄，卻是一向避而遠之，而且一直以來都潔身自好，守身如玉。雖然這些前事，對她而言，已不復記憶，但江山易改，本性難移，她的性格卻仍是沒有變。

而今，卻讓這樣一個男子，貼得那麼近。

而且，那男子的功力，已與她血脈相連了。

可是，那男子卻並沒有因而要佔她的便宜，而且還儘量節制、避開。

對於這點，女子一向都是敏感的，無夢女更不會判斷錯誤。

不過，她現在動手，很容易便造成對方動腳……同樣的，她往後退，反而致使對方前進。

這一來，可真糟糕。

——如果糟糕只是一種「糕」，那只不過食之可也。

但現在是亂七八糟。

糟透了。

話說回來，一個男子，臉圓一些，比較親切；略肥一些，較有福氣；痘子多些，更加青春；皮膚黑一些，更有男子氣慨。

無夢女到了此時此境，也真是失去了主意、沒了辦法。

無計可施。

她只恨自己爲何不早些放手？

——早些放了對手就不致給對方古怪功力所纏了。

可是人總是：

身後有餘忘縮手；

眼前無路想回頭。

這時候，她想收手，也有所不能了。

她以爲這男子雖非輕薄之徒，但仍貪嘴；她卻有所不知，張炭說要「吃飯」，那倒是真的。

——只要飯王張炭吃夠了飯，他的「反反神功」自然功力大增，那時候要掙脫這尷尬的糾纏便決非難事了。

所以，蔡水擇便好意爲張炭辯白：「他沒有貪嘴。他說的是真話。這位飯王張，只要張口吃飽了飯，那麼功力便能收發自如，你們就不必這麼抵死纏綿了……」

張炭和無夢女一起臉色大變。

張炭說：「你笑，你已自身難保……」卻是女音。

無夢女說：「小心你後面……」竟成男聲。

蔡水擇愣了一愣。

——如果是張炭叫他小心背後，他就一定能夠及時反應過來。

但說的是無夢女。

反而是張炭在罵他。

這使他一時意會不過來。

況且，張炭成了女聲、無夢女作男音此事反而困擾了他。

使他怔了一怔。

這一怔幾乎要了他的命。

——而且也幾乎害了幾條性命。

◇◇◇

其實原因很簡單。

——都是爲了「反反神功」。

這功力一旦發作，又化不開，所以張炭說出了無夢女的話，無夢女說了張炭的聲音。

也就是說，無夢女的話，其實是張炭說的；張炭的話，就是無夢女的話。

蔡水擇如果能及時弄清楚，那麼，就不會發生這樣的不幸了。

◇◇◇

有一幅畫：
江山萬里，蒼松白雲，盡在底下。
飛在蒼穹旭日間的，不是鵰，不是鵬，竟是一隻雞。
是這樣一幅畫，就在蔡水擇眼前閃亮了一下。
一晃而過。

◇◇◇

人猝遭意外之前一刹那，在想些甚麼？有沒有預兆？
也許，有的人剛唱起一首舊歌，有的人忽然想起以前戀人的容顏，有的人恰恰才反省到：啊我真是幸福……
這時，就遭到了意外。
說不定，就這樣逝去。
因爲意外永遠是在意料之外。

不管別人在遭逢意外前想到甚麼，在蔡水擇眼前閃過的，卻是這些：
這樣的一幅畫。
這樣的一個畫面。

蔡水擇雖然怔了一怔，但他的反應並沒有慢下來。
儘管張炭和無夢女的話令他大爲錯愕，但他還是提高了戒備。
他及時發覺了一種風聲。
勁風。
——定必有種極其銳利、迅疾、細小的兵器向他背腰襲至。
所以他翻身、
騰起、
　捺掌、

硬接一記！

他已在這電光火石間套上了一對「黑面蔡家」的「黑手」。

——黑手一抹便黑。

套上了這抹黑的手，便可以硬接一切兵器、暗器和武器。

它不怕利刃。

不怕銳鋒。

更不怕毒。

他反應快，翻騰速，出手準確。

——可惜。

◇◇◇

可惜對方來襲的不是兵器。

也不是暗器。

甚至一點也不銳利。

——你幾曾聽過人的腳也算得上是「利」器？

可是這一腳確是發出銳利破風之聲，就如一把劍、一柄刀、一支長針！

這「銳利的」風聲使蔡水擇作出了錯誤的判斷。

大錯特錯。

◇◇◇

「蓬」！

蔡水擇硬接了一記。

他接是接下了。

但他以擒拿接按一劍之力來受這其實雷霆千鈞石破驚天的一腿。

所以他搗著身子、躬著背、屈著腰，整個人都飛了起來。

——當他落下來的時候，已老半天，而且眼睛、耳朵、鼻孔都湧出了血。

鮮血。

血自人的身體淌流出來的時候，是生命裡最動人的顏彩。

至少在趙畫四眼光之中，是這麼看；在他心目之中，也是這麼想。

來人戴著面具，手裡拏著一支畫筆，還滴著血也似的墨汁。

面具上畫了一朵花，只畫三分，令人感覺那是一朵花，但看不真切。

令人感覺那是一朵花永遠比那真的是一朵花更花。

美女也是這樣。

來的不是趙畫四還會是誰？

——他絕對是個一出手就能令人感覺到確是高手的高手。

他一來就重創了蔡水擇。

局勢大變。

——對蔡水擇和張炭而言，是大局不妙、大勢不好了！

廿七　戰局

蔡水擇捱了一腳。

他在咯血。

也在笑。

他彷彿在笑自己咯血。

或者笑得吐血。

張炭和無夢女一個想要衝過去，對付來敵；一個想要退走，不想再混在這兒；但「反反神功」交纏住二人，難捨難分，反而動彈不得，越掙越苦。

趙畫四在面具中一對精光熠熠的眼，橫了二人一眼，就不再看。

那彷彿是說：

這兩人已不足患。

然後他問蔡水擇：「你笑甚麼？」

蔡水擇艱辛的笑著，正要說話，然而趙畫四就發動了攻勢。

他的筆疾揮。

潑墨之筆。

他「潑」的卻是血。

別人的血。

他的筆法雖怪而快，但可怕的不是他的筆，而是他的腳。

——這一個畫家，一身武功，竟不是他的手，他的筆，而是他的一對腳！

他一向主張：手是拿來完成藝術的，腳卻是用來殺人的！

他先以腳出襲，發出的卻是利器破風之聲，讓蔡水擇甫一交手就吃了大虧。

但這一輪他的出擊，銳風沒有了，改為捲天鋪地驚濤裂岸的腿影如山，不過，這腳功所踹所蹴所蹬，卻盡像一把極其鋒利的刀／戟／矛／槍，淬厲無匹，無物可攖。

這樣一雙腿，這樣的腿法，令人嘆為觀止，當今之世，除二三人外，根本就沒有人能在腿功上能與他相提並論！

蔡水擇拆解這輪攻襲，用了七種武器。

也壞了六件兵器。

然後趙畫四才稍緩一緩，說：

「你知道我為甚麼沒等你回答就先對你搶攻？」

這次他仍沒等對方的回答就自己答了：「因為你一面咯血一面笑，為的就是使我奇怪，要我問你，那你可以趁機回一口氣，或者可以拖延時間，但我才不上這個當，多少江湖名戰的好手都是毀在這關口上。明明可以取勝，卻不動手，改而動口，因而致敗，我就偏偏要破除這個。我這一輪搶攻，虧你接得下，但內傷已及肺腑，一旬半月，是決恢復不了的了。」

然後他才問：「不過，我還是好奇：你笑甚麼？」

他佔盡了上風，才來發問。

之後才好整以暇的說：「你現在可以回答我了。」

蔡水擇喘息著。

他的鼻腔已給血嗆住。

「我確是以笑來引誘你的發問，爭取恢復元氣的機會。」他慘笑道，「你猜對了，當戰局不利於我的時候，我就拖；當戰局大利之際，你就不放過。你確是個好敵手。」

趙畫四望定他道：「你也可能是個好敵手，可惜卻已受了重傷，而且還快要死了。」

蔡水擇抹去嘴邊的血，卻因而抹得臉上一片血污：「我說你是個好敵手，但你的畫卻決上不了大雅之堂，進不了絕頂境界！」

趙畫四怒道：「你懂畫？你懂個屁！」

蔡水擇帶血的黑面卻發著光，一時看去，也不知是黑亮還是血光。

「因爲你的人格太卑劣了。一個卑鄙的人，怎畫得出高明的畫！？一個只會施加暗算的小人，怎描繪得出光明澹遠的境界來！」

趙畫四哈哈大笑。

他用毛筆在空中信寫逸飛，破空銳嘯，勁氣縱橫，一面運筆一面笑道：

「說你不懂藝術，就是不懂！藝術家本來就是虛假的東西，詩人用文學來僞飾，文士用學識來僞飾，畫家以彩墨來僞飾！天下人格鄙下者多矣，但他們一樣寫得出好詩、好詞、好字、好畫來！以人格論藝術，殆矣！」

蔡水擇仍在奮力閃躲，但臉上、身上、臂上，又多了幾道血痕。

忽聽張炭向蔡水擇大喝一聲：「你走，這兒讓我來！」

突聞無夢女叱道：「你甭想過去！」

原來兩人正糾纏不已之時，張炭見蔡水擇遇襲負傷，情急之下，振起「反反神功」，居然能縱控住元氣，想要掙過去對付趙畫四。

但他只喊出了那一聲。

無夢女的功力回挫，兩人又夾纏不休起來。

不過，兩人在掙動之間，居然可以恢復了本來聲調。
趙畫四揮筆向蔡水擇喋喋笑道：「他們已救不了你，你還是受死吧！」
話一說完，驟然騰身而起，右足急蹴而出！
他踢的不是蔡水擇。
而是張炭。

◇◇◇

張炭和無夢女還在糾纏中，難分難解！

◇◇◇

無夢女尖叫了一聲：「別下手，這樣會把我也……」
兩人糾葛一起，趙畫四若出手殺張炭，很可能也一樣會傷了無夢女。
所以無夢女急。
驚叫。

她要趙畫四住「足」留「情」。
趙畫四聽了之後的反應是：
左足同時踢出。
因爲他給提省了：
踢殺張炭，殺的不一定是張炭，所以不如兩人一齊殺了，一了百了，以策安全。
是以他右足取張炭，左腳蹴無夢女。
他要把兩人一併格殺！

◇◇◇

無夢女和張炭兩人功力倒流，互相牽制，這一下，兩人眼看都躲不過去了。

◇◇◇

忽聽一人喝道：「吓！自己人都不容情，不但沒有格局，簡直禽獸不如！真正的藝術，境界要高，品格鄙下的人還是偽飾不來的！就算你畫得再好，這種糟粕我也瞧不入眼！」

喝罵的人是蔡水擇。

身負重傷的蔡水擇。

他不止斥喝。

他還動手攔截。

他手上有一把刀。

火刀。

◇◇◇

他的刀是一把火。

火刀。

◇◇◇

可是他負了傷。

可惜他受了傷。

任何人都認為他絕非趙畫四之敵，所以張炭叫道：「黑面，你快走！」

連無夢女也叫道：「快逃！」

但他們全制止不了他。

他衝過去。

趙畫四的腿攻向哪兒，他的刀就入到哪兒。

他手上有了一把這樣的刀，整個人都不「一樣」了。

這刀斫到奇處，蔡水擇整個人都像是著了火。

他的眼睛也像噴出火來。

趙畫四身上的衣衫有四處竟著火。

著了火就是捱了刀。

趙畫四的腿法至此也完全發揮了，他見著這樣怖厲的火刀，非但沒有躲開，還全力攻取。

他的腳到哪兒，刀就斬向哪兒。

刀斫到哪裡，他的腳也蹴到那裡去！

刀刀刀刀刀刀刀

瞓瞓瞓瞓瞓瞓瞓

刀刀刀…………

瞓瞓瞓…………

刀！刀！刀！刀！刀！刀！刀！

瞓！瞓！瞓！瞓！瞓！瞓！瞓！

刀。瞓。刀。瞓。刀。瞓。刀。瞓。刀。瞓。刀。瞓。刀。瞓。

瞓。刀。瞓。刀。瞓。刀。瞓。刀。瞓。刀。瞓。刀。瞓。刀。

蔡水擇手上的刀越燒越烈。

他的鬥志也越戰越旺。

鬥志本來就是一種可燃物，你不點燃它，便不會知道它熾烈地焚燒起來的時候，是怎麼箇燦爛奪目法！

蔡水擇的鬥志便像他手中的刀。

刀上的火。

火刀。

——上天之火。

天火之刀。

趙畫四本來以腿猛攻「天火神刀」。

他要逼住它。

他要捂住它。

他要扼住它。

——就像那是山洞中的一隻洪水猛獸，他要封住洞口，才能保平安。

——又像一條毒蛇仍在甕裡，他要蓋住罈口，才能保住自己。

他的腳法如風。

風是看不到的。

風的力量是無盡的。

風的可怕在於快、無形而有力，但又不可捉摸。

但你可曾聽過「煽風撥火」這句話？

腳所去處，火只有更熾更烈。

張炭大喜過望。

——沒想到負傷的蔡水擇，還這麼勇悍……

連無夢女這時也希望蔡水擇能取勝。

——因爲趙畫四絕對不是她的「自己人」！

◇◇◇

熱。

那是一種把火吞入腸肚裡去把燃著火紅的炭焙在腦漿裡把火山噴發出的熔岩炒乾麵加辣椒摻著吃把沸騰的水澆在給炸藥炸個稀巴爛的傷口上把著火的牙裹在炮竹裡跟燒紅的鐵塊放入喉嚨去把太陽爆炸的碎片焙成粉末撒在熱鍋上的螞蟻身上的——

那種熱。

這不是對敵。

而是對付火。

在某種程度上而言，火是無敵的。

因爲火能發光。

人人都需要光。

——熄滅了世上的火，就是滅絕了自己生命裡的光。

他突然覺得自己像一幅畫。

一幅自焚的畫。

他從來沒畫過這樣的一幅畫。

這是畫得最差，也是最美的畫。

——原來世上最美麗和至美的事物，必須是要以生命才能獲取的！

知道了這點和領悟了這點之後，他怕。

他生怕自己會情不自禁。

情不自禁的去自焚。

——爲追求美而焚身！

那不是慾火，而是欲火。

——追求至美的欲求之火！

這把火足以把他心中的冰山都燒起照天的燦亮來！

◇◇◇

戰局持續。

無夢女和張炭同時發現，趙畫四的雙腿已著了火。

但他仍雙腿急舞如鞭——那不像是人的腳，而是像拿在雙手的兩把腳形的武器！

不知當年桀驁不馴、怒犯天條的哪吒，他腳下的「風火輪」，是不是就像這個樣子呢？

◇◇◇

風。

風如果穿過你的腋窩你會感覺到涼風如果掠過你的衣衫你會感覺到冷風揚起你

的髮你只能按住你的亂髮風如果吹起花葉和樹你只能看風如何肆恣任意風要是刮倒了房子捲起了你你也只能說啊吔好大的風——

但你卻無法制止風。

風是無影的。

風是無形的。

風更是無情的。

風愛俏的時候，只把平靜的湖水掠出一點漣漪來。

那就像美麗少女愛笑的皺紋。

風暴怒的時候，可以把汪洋大海刮出波濤萬丈，每一丈都炸出千次雷震、萬道龍騰來！

風就活在你的四周，你不能防患，只能接受。

它隨時無形無跡、無聲無息。

但它又隨時能使得宇宙也爲之折骨呻吟，發出把你鞭捲得碎三萬回的力量。

對付風，好像對付成功。

——你就算能贏得了，也不過是換來一場失敗。

窒息、不能呼吸、沒有辦法再活下去——都是生命裡的失敗。

因爲沒有風。
他就是要來對付風的。
他以火來祭風。
要把風燒成憤怒的海。
他已負傷。
傷得甚重。
他已不能再敗。
如果風是敵人，他就要燒殺這敵人。
要是這風是那一雙神出鬼沒的腳，他就得要焚掉這一雙腳。
他快要成功了。
火勢已沾上了那一雙腳。
火助風威，風長火勢。
他決以火來焚風。

戰局遽然急變！

趙畫四攻勢驟然一頓！

他的筆突然蓬地噴濺出一蓬墨汁。

兀然間，蔡水擇專心集志對付他一雙腿，竟為其所趁，臉上一片墨污。

墨汁打在他衣衫上，裂帛而入，穿衣而出，可以想像這蓬墨汁濺射在他顏面上之苦之痛！

蔡水擇卻突然做了一件事：

他摀住臉，卻一張口。

張口噴出了一把火。

（他手上的武器，不但成了火器，也把握此兵刃的主子，烘焙成一個火物。）

這一把火疾捲趙畫四臉上。

趙畫四大叫一聲，蔡水擇火刀直斫而下，趙畫四急退。

他的面具從中裂為兩爿，落下。

臉上一道血痕。

他整張臉都是畫成的。

由於他五官、輪廓不知是因為天生還是人為之故，全走了樣、變了形，所以他就把自己的嘴畫成了眼、眼繪成了耳、耳塗成了鼻、鼻畫成了嘴、眉毛描成髫子、髫子變成了眉毛！

也就是說，他的五官全然倒錯。

而今再加一道刀痕。

——火灼的血痕！

趙畫四大叫一聲，竟背向蔡水擇並一腳踢中自己的胸膛。

蓬的一聲，他竟整個人倒飛出去！

疾撞上蔡水擇。

蔡水擇眼睛看不清楚。

——那墨汁只怕還沾了毒！

（他只恨自己太集中在對付敵手的一雙腳，卻忽略了敵人的那雙繪畫的手，還有那一支畫畫的筆！）

他乍聽風聲，天火神刀就遞了出去！

劈殺對手！

廿八 敗局

這下搏殺，極其絕險。

蔡水擇臉上爲毒墨所濺，雙目一時不能視物。

趙畫四的腳成了「火腿」，而臉上也捱了一刀，面具也爲之裂開。

可是趙畫四馬上向蔡水擇搶攻。

蔡水擇也立即反擊。

問題是：

最快？

最準？

最更狠？

◇◇◇

快、準、狠之外，還要有一個足能決定勝負成敗的要素：

誰最幸運？

蔡水擇負傷禦敵，反應不可謂不快。

但他受重傷在先。

趙畫四進攻的速度，是給他自己的一條腿「踢」起來的。

這是他自己的內力＋輕功＋腿勁之力道。

那是極快極疾極速的！

且在同一剎間，他那一雙帶著火的腿疾起——他一直沒有機會去撲滅腿上的火。

他咬牙苦忍。

——因爲任何真正的重大的勝利都得要付出代價：只看代價大小而已！

他一腳踢開火刀。

一腳踢自己的頭側穿出去。

這一腳踢在蔡水擇的額上。

他的後腦勺子也同時撞擊在蔡水擇的臉上。

臉、骨、碎、裂、的、聲、音。

額。骨。碎。裂。的。聲。音。

蔡水擇大叫一聲，仰天而倒，其情甚慘，敗局已定。

趙畫四這才去撲滅他自己雙腿上的火。

奇怪的是，那火，似是不熄的。

他遽然變了臉色。

紫金色。

由於他五官自繪、臉相倒錯，一旦紫脹了臉，所以看去十分駭人。

他大喝一聲，雙腿踩破石板，徐徐直埋入土中。

火勢頓滅。

他以土滅火。

是以半身埋入土中。

看他的神情，甚爲古怪，也不知是舒服極了，還是慘痛不已。

其實大悲和狂喜，原就是十分接近的事。

趙畫四又徐徐睜開了眼。

他望向無夢女和張炭，笑了一笑（這一笑，好像眼睛睜了一睜），有氣無力的說：「他死了。到你們了。」

張炭忽道：「我有一個問題。」

他的聲音是女的。

顯然那是無夢女的語音。

趙畫四一聽，心中大定：知道這兩人無異於廢：「問吧。」

無夢女說：「你何不把嘴巴畫在屁眼上？」

她的聲音是張炭的。

看來兩人身體內力仍「糾纏不清」、「欲罷不能」。

趙畫四笑了。

「我一向只吃人，很少肏人。」

「但這次例外。」

「男的女的，我都要סּ。」

「因爲我受了傷。」

「受傷的人要進補，而且還要發洩，我要好好的洩洩我心頭之火。」

他這樣說的時候，很是定。

篤定。

——烤熟的鳥飛不走。

——宰了的狗不咬人。

他自覺要殺這兩個男女不分、雌雄莫辨的人是易如反掌的事。

可是反掌真的很容易嗎？

你叫一個斷了臂甩了臼的人反反手掌來看看！

◇◇◇

趙畫四當然沒有斷臂。

但他一雙腿子還埋在土裡。

他沒料到的是：

張炭和無夢女——這兩個幾盤根糾錯在一起幾乎不能動彈的「人」——竟一齊向他衝來。

動作一致。

而且更快。

——在他還沒來得及「拔腿」而出之前，張炭已一把抱住了他；在雙手能攬住他雙臂之前，張炭至少已捱了三拳六指十四掌——但幸好那不是腳，不是趙畫四的腳——而張炭已一口咬住他的筆桿，並且以白森森的牙齒咬斷了這雙指粗的筆桿子：筆桿子本來就是極易折的，何況張炭的「八大江湖」術曾跟東北大食一族「大口孫家」中精通「摸蟹神功」和「捉蝦大法」的孫三叔公，學過「一咬斷金術」，無夢女一上來，左手一支梅花針，刺入他的咽喉，右手一支玉簪，插入他頭頂上的百會穴裡。

趙畫四雙眼一翻，咕嚎了一聲。

他大概是想說話。

他要說的話大概會很多。

因爲他不甘心：

他還有許多畫未完成。

他還有許多銀子埋在地上等他去享受。

他無敵天下的腿功，還要用來對付「天下六大名腿」，其中包括了追命……

可是如果他就這樣死了——

豈不是…………………!?

◇◇◇

這敗局來自他的疏忽。

——敗還可以，死就完了!?

◇◇◇

他大吼一聲，雙腿破空，翻踢而出！

無夢女、張炭一起中腿。

一個飛到殿裡，背撞在柱上。

一個跌在一座托鈸羅漢懷裡。

羅漢碎裂，銅鈸落下，又在無夢女的玉靨上劃下一道血痕。

撞碎羅漢的是無夢女。

她哇地吐了一口血。

臉上原來的傷疤更白。

她受傷顯然不輕。

張炭則背撞在柱上。

聽那沉厚的響聲，就像一座山內部起了爆炸似的。

柱子卻沒有倒。

柱上的樑只晃了一下。

椽子也微微一顫。

然後樑上的瓦一聲簌響。

倒是隔了一會，西南邊高遠處有三片瓦才爆裂了開來。

裂成碎片。

如花雨般灑落。

張炭反而沒有事。

他似是一點事也沒有。

反而嘻嘻一笑。

◇◇◇

這就是「反反神功」。

——張炭身為「天機組」龍頭張三爸的義子，他武功許是不算頂尖高手，但他總有些絕學兒，是別人學不來的。

◇◇◇

趙畫四巍顫顫的起身。

他要追擊。

只要再追擊，這兩人就死定了。

但他一站起來，就知道自己完了。

敗局已定。

而且是他自己造成的。

他不該把自己一雙腿深埋在土裡。

——沒有翅膀的鷹，連狗都鬥不過。

他也不該對無夢女和張炭輕敵。

——這兩人只要肯聯手，武功等於加倍！

他更不該出腿去踢他們。

——那兩腳，無疑是「分開」了兩人本來糾纏在一起的軀體。

他一錯再錯。

只有敗。

慘敗。

◇◇◇

世上最慘的敗局是甚麼？

——一個人只要還活著，鬥志不死，就有反敗爲勝的一日。

只有一種敗局不能報過來。

死。

——因爲死人不能復活。

死是人生來世上走一趟必經的失敗，如果一個人能在這短短走一趟的時間裡能讓後人記住，能把他的爲人、學識、功德影響後世，那麼，他就雖死猶活。

很多人也許不甘就這樣「死了」，所以以功業、發明、藝術來企求永恆的活下去，因爲如果真的做得好，那至少要活得比他真正活著的時間更久更長。

◇

趙畫四自知不能雖死猶活。

他是死定了。

因爲他最好的畫還沒有畫成。

這一刹那間，他忽然覺得很懊悔。

——如果他不涉江湖，就可以不必「死」了。

只要他專心畫畫，說不定已是一個成了大名的畫家！

可是他知道畫畫是要靠人成事、仗人成名的。如果人不喜歡你的畫，或者你的畫不能討人喜歡，你便一輩子出不了名，成不了畫家！

所以他才涉足江湖。

他還有一對腳。

他要踢下自己的江山。

一個人要是有了權，有了地位，還怕沒有名？

只不過，要闖江湖是要付出代價的。

他現在就要付出代價：

代價就是——

死。

◇◇◇

正如在蔡水擇遭趙畫四暗算之前一刹，眼前忽然出現一幅畫一般，趙畫四在一瞬間，也無故的想起了這些。

然後他乾笑了一聲。

——他笑甚麼？
看透？看破？看淡？還是看化？
笑人？笑己？笑失敗還是笑死亡？

◇◇◇

這都不重要。
因爲他笑了這一笑之後就死了。
一個人死了，便甚麼都完了，甚麼問題，都與他無關了，都不重要了。

廿九 勝局

沒有敗根本就不能勝。

——所有的勝利都是從無數的失敗中建立起來的：包括自己的和別人的失敗。失敗跟成功不是對立的，而是互存的。

——這次的慘敗，可能換來下次的成功。

——只要你不認爲失敗，其實就沒有失敗。

——你對待失敗的態度，和對待成功的看法，才是真正的失敗與成功。譬如屈原他的理想追求全然崩敗，並以身相殉，但他留下了不朽的詩篇和情操，這樣看來，他是勝利了。譬如司馬遷，他的仗義持言，反而使他蒙受奇恥大辱，卻也促使他發憤著書，寫成了「史記」，名垂青史，他對待失敗的態度，使他成功。反過來說，像吳王夫差，他征戰成功的結果，使他掉以輕心，終於讓越國勾踐擊垮，這是成功帶來的失敗。或像隋煬帝，他成功的奪了權，得了天下，對他而言，是空前的成功，但他卻使自己成爲了天下世代無人不鄙薄痛恨的無道暴君，失敗得再也徹底不過。

趙畫四決戰蔡水擇的取勝，正換來他付出生命的慘敗。

◇◇◇　◇◇◇

因為趙畫四那兩腳，使本來「分不開」的張炭和無夢女「分開」了。

張炭迅速掠去蔡水擇臥倒之處。

蔡水擇的臉目已不成人形。

可是他居然撐住了。

沒有死。

張炭一時不知說甚麼，也不知怎麼說是好。

——對於一個善良和正直的人而言，向強者或平常人說謊並非難事，但對一個傷弱者欺騙是件殘狠的事：包括告訴他（或她）說，你很好，你一定會沒事的，你一定會成功的，諸如此類。

張炭正要開口說話，蔡水擇已截道：「小心她。」

無夢女。

她正在張炭背後。

蔡水擇這樣提醒，是因爲看到無夢女的眼神。

那是兇狠的。

卻偏偏有一股豔色。

那是怒惡的。

但隱隱裡有怨色。

蔡水擇能看出這點，顯然所負的傷至少不似外表看來那麼嚴重。

張炭爲這一點而大爲高興。

但他不想像蔡水擇遭趙畫四暗算時的掉以輕心——他立即回頭。

回頭前、回頭時、回頭後他都準備了十七、八種應對對方突襲之勢。

可是在他回頭的一瞬間，無夢女已打消襲擊的念頭。

她原來恨他。

她有潔癖。

她連男人用過的井水都不願再掐來洗身子。

何況這男人曾跟她連著身體！

她原本要殺他。

但不知怎的，她給自己的理由「說服」了：

她受了傷。

對方有兩個人——儘管一個負傷甚重。

她沒有把握。

她沒有八成以上的把握是決不出手的。

所以在張炭看她的時候，她的眼神已回復了原貌，帶著一種美美的溫柔，用手揩去了唇邊的緋血。

張炭在看她的時候，神色也很有點異樣。

他精擅擒拿手，「反反神功」也有詭詫，但能跟對敵的人如比近身扭打，而兩人功力血脈可以到了如此「水乳交融、夾纏不清」的地步，那也是罕有的。

——那敢情是因爲無夢女所習的功力也是至詭極偏之故（雖然他仍不知她是常山九幽神君的女徒）。

而且，兩人的特性和靈機相近，也佔著極重因由。

這點，在平時伶牙俐齒，其實對女性也早已心嚮慕之，諸多想像，但又因全無這方面經驗，所以只有靦腆尷尬、不知從何「下手」是好。

剛才那一番「糾纏」，簡直是「抵死纏綿」，對張炭心湖，不無漣漪。

——不止漣漪，而是波濤。

「妳要幹甚麼!?」這樣聽來，明顯是惡言相問，好像失手打碎一隻碗的人期望正有人放一記響亮的鞭砲聲來掩蓋。

無夢女則比他凝定多了。

「不幹甚麼。我能幹甚麼？你怕我幹甚麼!?」

她還嫣然一笑。

她索性就坐在羅漢碎片上。

她那一腳吃得不輕。

她先行服下兩顆藥丸。

——且不管發生甚麼事情，得先恢復體力再說，至少得把傷痛壓住再說。

——剛才那一番糾纏，雖給拆開，但居然還有小部份功力，不知消散何去，而自己也吸收了一小部份那漢子的功力。

那功力古怪，得好好消化、運用。

沒料，卻聽一人念偈嘆道：「阿彌陀佛，我就怕你們武林中人幹這種事！」

只見一大黃袈裟、背插戒刀、額上十二枚戒疤、銀鬚白眉，顴高如鷲的和尚，飄然而入，顧盼大殿，看看碎了的神像，望望裂了的羅漢，目中悲意更甚，忿意亦盛。

張炭喫了一驚。

不意來了個和尚。

他原以爲殺了司徒殘、司馬廢和趙畫四，大事已了，既然對方援兵不來，那麼主力一定放在鹹湖那兒，正欲放出暗號，讓天衣居士等可從這兒轉進，不必正攖其鋒。

然而卻來了這麼一位和尚。

——既不是友。

——恐怕是敵！

只聽那和尚合什道：「老衲是這兒老林寺的主持：法號老林是也。老衲甚爲不解：爲何你們江湖人的紛爭，老是喜歡拿寺廟、道觀、尼庵來鬧事，如此毀了道場，瀆了清淨，對你們又有何好處？你們又何必老愛焚寺燒廟，破功敗德呢？」

說的好。

張炭還幾乎一時答不出來。

「因爲我們武林人沒有共同和公認的場所。每人都有不同的門派、幫會、但並不見得對方也能認同。而且，我們大都是見不得光、見光死的傢伙，所以朝廷、廟堂、衙門沒我們的份，擂台也不是人人擺得下，放得久的。所以，我們常只有託身於市井，或打鐵，或賣藥，或成郎中，或爲相師，而決戰場所，爭雄鬥勝，時在深山，時在市肆，時亦選在廟宇了。」

老林禪師聽得銀眉一聳，「那你們爲何不同選奉一門一派，作爲比試鬥技之地，以俾不侵害良善安寧？爲何不共奉一處，當作爭勝試藝之所，而不致干擾無辜的百姓平民？」

「唉，」張炭就又嘆了一口氣，他覺得現在的感觸良多，就像他另一個結拜兄弟張嘆一樣，「武林中人年年就爲了爭這個，不知打了多少仗，死了多少人，害了多少命，但仍推舉不出一個皋來。你們出家人，又可不可以破除成見，只公奉一寺一廟一法師爲萬法之家，萬佛之神呢？」

老林禪師無言。

張炭反問：「你不是元十三限派來的？」

老林禪師：「元十三限？他的師兄天衣居士倒是與我是方外之交，好久沒見了，他也會來嗎？」

張炭輕吁了一口氣：「不是就好。」

老林禪師：「可是你們不該趕走我寺裡的弟子。」

張炭咋舌：「我是爲他們好——這兒就要發生格鬥了，他們若不走，必有傷亡。」

老林禪師慨然道：「我說過，你們殺你們的，江湖事別扯到佛門清淨地來。」

張炭：「舉世皆濁，浪濤翻天，遍地洪流，哪還有清淨之地？」

老林禪師：「可是你們任意毀碎佛門聖物，還是得要賠償的。」

張炭笑道，「哦，原來是爲了這個，賠，賠，賠是一定賠的。」

老林：「你現在有沒有銀子？」

張炭：「現在就要賠？」

老林：「不然我怕你溜了。」

張炭：「我的信用竟是這般差勁？」

老林：「你這小子眼賊忒忒的不是好路數，爲啥我要信你？」

張炭啐道：「好個出家人！你到底要我賠多少？」

老林：「不多。」

張炭：「說個數目吧。」

老林伸出了兩隻手指。

張炭又舒了一口氣：「兩兩銀子？」

老林叫了起來：「甚麼!?」

張炭慌忙改口：「二十兩銀子!?」

老林氣得吹鬍子瞪眼睛。

張炭也訝然了：「難道竟要兩百兩銀子不成!?就這些泥塑的玩意兒……」

「甚麼玩意兒？這都是梁武帝時聖傳的寶物，價值連城，佛門寶器……」

「好，好，你總不成要兩千兩銀子吧——」

「不，不是兩千兩；」老林禪師連忙更正，「是兩萬兩。我要用來修葺本寺，廣造功德，順此儆戒你們這干動輒就在佛門之地動武的江湖人！」

張炭張口結舌：「你這出家人……何不去做生意……乾脆，去打家劫舍算了！」

老林禪師居然喋喋一笑道：「誰教你們不問先行劫寺奪廟，毀碎了寶器法物，老衲要你們怎麼賠都不為過了！」

「你這家是老林寺嗎？」張炭的眼到處找寺裡的牌匾：「我看是謀財寺。」

老林和尚擷下了戒刀：「你給是不給？」

張炭攤開雙手，慘笑道：「我現在哪有那麼多銀子？」

「沒有銀子，」老林和尚道：「銀票也行。」

張炭發了狠道：「好，賠就賠，誰教我們理虧在先。但我只有答應你：我會賠！銀票我也不足。君子重然諾，你信是不信？」

老林和尚驚眼一翻，道：「你是誰人，為啥我要信你？你要我相信你，憑甚麼？」

張炭是張三爸之義子，年紀雖輕，在江湖上輩份其實甚高，他本來正待說出自己師承來歷，但回心一想，他一向不仗恃師承先人名頭闖蕩，他認為大丈夫真漢子要揚名立萬，就該靠真本領，而不是仰仗自己有甚麼父母、師承、朋友，何況，對他而言，出不出名，並不重要，他只顧和一些好玩的朋友做好玩的事，跟知心的兄弟做對得住良心的工作。

於是他說，「我姓張，名炭，外號『飯王』，只會吃飯，大和尚你信得過就信，信不過便休。我估你和尚廟，本無惡意，只不欲牽累你寺裡的弟子，可是到頭來還是把貴寺搞得一團砸，這是我不對。既然我不對在先，你說賠多少就多少。錢，我現在沒有，日後總是記得還你，你信最好，信不過，便任憑你處置，但不是現在。」

老林和尚斜著眼打量張炭：「爲甚麼不能現在就處置你？」

張炭照實回答：「因爲現在我要打架。」

老林和尚喟道：「人在江湖，一定打架，看是文打武打，心戰還是力戰而已，你是爲啥而打？」

張炭道：「爲朋友、爲伸張正義、也爲了剷除國賊而戰。」

老林和尚搖首不已：「這樣聽來，你是輸定了。」

「爲甚麼？」

「通常真的是爲了這麼偉大的目標而戰的人，都一定會輸得很慘，少有勝算。」

「也罷，輸就輸吧！」張炭說，「人生裡，有些仗，是明知輸都要打的；有些委曲求全、忍辱苟活的勝局，還真不如敗得轟轟烈烈。」

老林禪師略帶訝異，「看你的樣子，非常圓滑知機，沒想到像你這種聰明人，想法也那末古板得不可收拾。總有一天，你會給你這種性格累死。」

張炭一聳肩道：「死無所謂，我只怕啥也做不成、甚麼也做不到便死了，那才教人遺憾。」

老林啫啫笑道：「老衲沒看錯，聰明人總是知道自己該做甚麼，不該做甚麼的，但一個真正有智慧、大智大慧的人，還知道去做一些不該做但卻必須做、必須做而本不該做的事。看來，你果真是許笑一的人。」

這是他第二次提起天衣居士。

「既然你肯賠錢，又是天衣居士的人，老衲也不妨買一送一，贈你三言兩語；」老林和尚鷩眼裡閃動著介乎於奸猾和慧黠的銳芒，「你們在這兒所作的一切，都是幌子，到頭來，還是白做了。」

張炭因心懸於戰友蔡水擇的傷勢，本不擬多說，忽聽老林和尚這樣說，大爲訝異，詫然問：「怎麼？」

老林喟然道：「我以前也是叱吒風雲的大軍將。」

張炭道：「我看得出來。」

做過大事的人的氣派是不一樣的，常人要裝也裝不來，既然有了要掩飾也掩飾不掉。

老林以一種懷想公瑾當年的語調道：「的確，兩軍對壘的時候，雙方寸土必爭，奮勇殺敵，一寸山河一寸血，但對兩方主帥而言，只一句話、一點頭、一個錯誤的判斷，就可以把千里萬里辛苦得來的江山盡送於人，生死肉搏的是旗下的壯士、麾下的勇士，但閒坐帳中、把酒揮軍的是主帥。軍士雖勇，但仍得要有個好將軍，才能有勝局，才打下勝仗。」

張炭冷哼道：「天衣居士並非安坐帳中，他可比我們都身先士卒。」

老林道：「我知道。他不是那種要人爲他送命的人，如果他是，他早已安然當成了朝中紅人了。」

張炭道：「你知道就好，這兒沒你的事，我照賠錢給你就是了。」

老林道：「可你卻知不知道，天衣居士是把你們誑來了？」

張炭一楞，隨即怒道：「你少挑撥離間，再這樣，我可把你當作是蔡京一伙的！」

老林笑道：「你別誤會，老衲絕沒意思要破壞你對天衣居士的崇敬之情。老衲只是說，你以爲你們這樣做，把事情都攬在身上，鬧得愈大，能一時拒敵，就可以引來敵方主力，讓許笑一可以安然渡鹹湖，入京殺蔡京，是不是？」

張炭倒吸一口涼氣，知道這出家人絕不是貪財那麼簡單，當下暗自提防，隨時準備出手。

「隨時準備出手攻擊」——其實這個意念一生，人就在備戰狀態。

——該攻擊他哪一處是好呢？

眼睛？

不，太殘毒了。

臉部？

不行，也太直接了。

胸口？

不能，攻不進的。

下部？

不可以，太卑鄙了。

張炭突然發現了一點：

無論甚麼部位，自己都找藉口，無法進擊，其實有兩個原因——

一是理不在己方。

有些人，一旦師出無名，動手無理，便下不了殺手。

這種人，世稱之爲俠者。

至少張炭現在的心態便是如此。

一是對方太厲害了。

老林和尚看來毫無防守。

但他每一處要害都已先行封死。

張炭根本攻不進去。

他攻不進。

也不想攻。

所以他只防範。

並沒有立即動手。

只問：「你怎麼知道？」

老林和尙雙眼精光四射，忽爾問他：「你剛才想殺我？」

張炭答：「不是。我只是想向你出手。」

「爲甚麼沒下手？」

「因爲理不在我。」

「還有別的原因嗎？」

「因爲我還找不到你的破綻。」

「爲甚麼你想向我下手？」

「因爲你不只是這兒的主持，你知道那麼多，說的那麼多，必有圖謀，難保不是蔡京一黨的人。」

老林和尙燿燿的眼神熠熠的望了他一陣子，才哈哈笑道：「你錯了，我告訴你那麼多，正因爲是念在你的誠實！」

「誠實？」

「還有謙遜。」

「謙遜？」

張炭忘了自己幾時有謙虛過；何況，在這詭訛萬變的武林中，說一個人「誠實」其實往往就是在罵他「老實」。

而要在這翻覆無常的江湖求存，最最要不得的就是太「老實」。

「你明明是『天機』龍頭張三爸的義子，但你剛才受我多次逼迫討錢，你都沒亮出這字號來。能不以家底長輩炫示以人，在危困時仍能有這等操持，這是謙遜。」

張炭奇道：「這事跟我乾爹無關，是我搞砸了您的寺廟，我哪有顏面搬他老人家出來！」

「你剛才因疑慮而想對我動手，你也直認不諱。」

張炭率然道：「那我的確是想向你偷襲動手啊！」

老林道：「便是這樣，所以我告訴你，其實，元十三限根本是來了這兒。」

張炭一震：「甚麼!?」

老林道：「不但是他，連天衣居士和你其他的戰友，全都在甜山決一死戰。」

張炭錯愕：「你怎麼知道!?我不相信！」

老林道：「其實理由很簡單，依許笑一的性子，絕對不會置他的門人、徒弟、友朋不理。他這種人，就算犧牲一子得入京，他也不幹。他在這兒派了幾個人來？」

張炭略為猶豫了一下，還是說了老實話：「四個。」

老林道：「他帶走幾個幫手？」

張炭一咬牙：反正都說了，那就說清楚好了，要是這老林大師稍有不軌，他就拚死也得把他制住才活出老林寺。

「五位。」

「總共十人？」老林更老肯大定的說：「許笑一絕不會為連自己在內的六個人來犧牲掉你們四個人的。他不是這種人。我說的話你可以不信，但不信是你自己的損失。你不懂天衣居士，但元十三限可對許笑一的性情瞭如指掌。」

張炭開始有點恍然：「你是說：你猜得到天衣居士不會犧牲我們，元十三限當然也猜想得到？」

老林大師這才撫髯笑道：「如果他也推測得到這點，你說，他會怎麼做？」

張炭這回接話得十分快俐：「他只要全力攻打一路，自然就會引出居士來。」

老林這才滿意了。

張炭反問：「要是元十三限已來甜山，那麼，眼下我們已經殺了三人，他爲啥還不現身？」

老林道：「做大事得要沉得住氣，好獵人要懂得守候。天衣居士還沒出現，元十三限才不會冒然打草驚蛇。」

張炭再問：「可是剛才我們已遇險危，如果天衣居士等人來了，他們怎會置之不理呢？」

老林道：「他們是來了，可是，他的幫手全纏戰在『洞房山』和『塡房山』；至於他自己，也來了，但卻動彈不得，愛莫能助。」

張炭怒道：「你胡說，要是居士來了，豈會不出手相幫！」

老林道：「因爲他已給制住，幫不了你，也幫不了人。」

張炭變色：「他給制住？誰幹的!?」

老林神色不變：「當然是我。」

張炭更怒：「你豈制得了居士！」

老林臉不改容：「老衲當然制得了他，因爲老衲是他的朋友。」

他倒是臉不紅、氣不喘、眼不眨：「而且還是老朋友。許笑一這個人，是總不防朋友的。」

張炭勃然大怒：「你把他怎麼了!?」

老林道：「沒甚麼，只把他制住罷了。」

張炭叱道：「你爲甚麼要這麼做!?」

老林道：「我只是爲了他好：他不出現，不出手，元十三限便逮不著他，他便能安然無恙。老衲的好友不多，到了老衲這個年齡，更是死一個少一個。老衲制他，是爲了幫他。他要幫自己，最好的辦法就是不出手。老衲替他保住了一條性命，扳回了場勝局！」

張炭馬上起疑：「你若有意保護天衣居士，現在這樣道破，豈不機密盡洩!?」

老林居然嘻嘻笑道：「剛才有關係，現在卻沒有關係了。」

張炭問：「爲甚麼？」

「因爲剛才元十三限還伺伏在外面，但在老衲入寺時，他已走了。」

「你怎麼不知道元十三限是欲擒故縱，以退爲進？」

「你知道老衲剛才爲啥跟你討賠償銀子？」

「你志不在錢？」

「老衲在等。」

「等甚麼？」

「等消息。」

「甚麼消息？」

「沒有消息就是好消息。沒有訊號，那就是元十三限眼見你們水深火熱、生死關頭天衣居士都沒出現，想必是不在甜山，元十三限掉頭便下山，趕回京裡，保護蔡京；或趕到鹹湖，設法再截擊天衣居士。」

「元十三限給大師騙著了？」

「他沒看錯天衣居士的性子，但卻不知有老衲此中這一著子。」

「可是晚輩實在不知大師這一變著是友是敵。」

「你到現在還不相信老衲？」

「我借用剛才大師的話：我憑甚麼相信你？我怎麼知道你不是元十三限派來試探出天衣居士下落的人？」

「好，夠小心，夠慎重！」

「各路弟兄還爲此浴血苦戰，我不能不審慎些。」

老林笑了。

他捫鬍道：「你要怎麼才相信？老衲還要你發放暗號通知各路弟兄前來齊集呢！」

張炭沉著氣問：「天衣居士在哪裡？」

「這好辦！」老林和尚哈哈笑道，一揚袖，一道自袖裡的勁氣疾迸發如箭刀，凌空急劈而去：

「他就在這兒。喝！」

廟中的兩尊菩薩，寶相莊嚴，其中一尊應聲而碎！

稿於一九九一年四月中至五月份
「一線姻緣數失不得」期間。
校於一九九一年五月底至六月初
赴新加坡作「金獅獎」小說評審並主講
「九十年代世界華人文學的商業化趨向」

第四章　以億變應一變

卅　亡局

劉全我。

男。

山西離石人。

「風派」掌門人。「風派」是武林「十六奇派」之一。

「風派」的命名，原是給江湖中人取喚成習的。原先這一組人，有別的名稱，可是在新舊黨錮之爭裡，老是趁風轉舵、順應時勢做人，而且一旦得勢，便有風駛盡帆，所以武林中人便老實不客氣稱之為「風派」。

直至這一任「風派」掌門換作了劉全我，這才「名符其實」起來。

理由很簡單。

因為劉全我的袖風。

——以袖子為武器，以袖法為武功，除了東海「水雲袖」和「桃花社」賴笑娥的「娥眉袖」稱絕江湖之外，劉全我的「雙袖金風」及「單袖清風」也決不遑多讓。

他的行動也莫測如風，並把手下弟子也訓練得疾如勁風。

他很少動手。

在武林中記錄他出手的資料極少。

但他殺人卻不少。

其中一次是在派內。

那是派內鬥爭。

單是他爲了要奪得「風派」掌門的那一役：他就以雙袖撕殺原來的掌門人：「飲雪上人」李血，還有一百二十三名擁護李血的同門、門人、弟子。

他殺得可一點都不手軟。

何況他現在殺的是敵人。

——一個剛剛還出口「侮辱」了他的敵人：

唐寶牛。

唐寶牛不是牛。

他姓唐，儘管他常在重要關頭都說他自己是蜀中唐門的好手，也儘管大多數人都不相信，但在武林中誰也沒弄清楚他的出身和來歷。

他常如數家珍的自報名號是：

神勇威武天下無敵宇內第一寂寞高手海外無雙活佛飛仙刀槍不入唯我獨尊玉面郎君唐前輩寶牛巨俠。

他剛才對劉全我也是這樣報的。

——當然，這只是部份自擬的綽號，時有增刪修訂，且包羅萬有、族類繁多，故未能一一盡錄，當然也無法詳加記述，只能說有罣一漏萬之處，也在所難免就是了。

他外表長得非常豪壯。

可是他是個連蚊子也捨不得打死的人。

如果一名絕頂高手猶如森林裡的大象，他的外號足以嚇退十頭巨象。

可惜他的武功相比起來，連大象尾巴的一隻蝨子都不如。

這回他遇上了劉全我。

一個殺人不眨眼而殺人又比眨眼還快的好手，而且正值劉全我想藉此立功樹威、要在「十六奇派」中脫穎而出，以圖獨得丞相重視擢升之時。

唐寶牛雖然高大。

但他的絕招仍只是嚇人。

——把人嚇走，好過動手。

動手非死則傷，能免則免。

可這一次他遇上的是唬不倒的劉全我！

他一看這人的殺勢，便知道此人不好對付。

但是他不能退。

他要死守這裡。

他很緊張。

——不過他並沒有撒尿。

他褲子濕了，是汗，不是尿。

他一向緊張就流汗。

也就是說，流汗能幫助他消除緊張。

他不想汗水濕透衣衫，讓敵人一眼就看出他的心思。

他有一種功力，把汗聚集於背後逼發出來，本只應汗濕背衫，可是他也正運聚另一種由自己所創的古怪功力「大氣磅礡神功」，所以餘功走岔，汗濕褲襠，偏又給朱大塊兒叫破，使劉全我得悉他的心虛，馬上發動攻襲。

劉全我陡然撲了過來。

他的人本來靜止如石柱。

可是一動就奇疾無比。

這種不可思議的快法，簡直令人不能置信他在前一剎仍是靜止的。

只不過是一瞬之間，他跟唐寶牛已只剩七尺之遙。

他的左袖一揮。

那袍子是灰色的。

他的袖子特別肥大，且似脹滿了氣。

他一動手，袖子的形狀立即像一把刀。

大關刀。

氣勁也如刀。

刀勁。

唐寶牛大叱一聲，如一記霹靂轟著雷霆。

他那一聲大吼，喝自他口中，但卻在劉全我背後炸響。

那是爆仗在耳裡炸開的響聲。

劉全我立即停了下來。

但他居然沒有回頭。

——要是他回了頭，唐寶牛或許就有隙可趁了。

但沒有。

完全沒有。

劉全我是怔了一怔，也震了一震，但他的殺勢，依然完全無缺、無瑕可襲。

他只停了一停、頓了一頓。

他幾乎馬上就弄清楚了：

背後沒有人。

唐寶牛只是要聲東擊西。

——這傢伙是有些嚇人的本領。

——但看來也只有嚇人的本領。

所以他幾乎是立即又進擊的。

這回他身子沒有挪動。

但袖子迅疾地摺捲成銳角，如劍一般，疾長七尺，疾刺而至！

袖子所發出來的，居然是劍風！

且比劍鋒還銳。

◇◇◇

唐寶牛這回不發一聲。

他的手自鏢囊裡疾聲出來，十指急彈。

一種細微但又複雜的聲響自他腰畔急起，不經細辨還真聽不出來。

劉全我卻聽到了。

袖風那麼烈。

劍風那麼銳。

但他仍是即時聽見了。

他急撤。

一退丈餘。

招才撤。

然後他也立即弄清楚了：

沒有暗器。

——那些聲響，有的是蜜蜂、有的是蒼蠅、有的是蚊子。

這又是嚇人的把戲。

他寒住了臉。

臉色比月色更寒。

他再也不相信這大塊頭的把戲。

他再也不受這大個子的欺騙！

他不能再拖。

——他不想給同僚佔了首功。

他要殺了這高大但只會嚇唬人的傢伙！

所以他再出手。

三度出手。

雙袖齊出。

——「兩袖金風」。

左袖成棍。
棍砸唐寶牛。
右袖成矛。
矛捌朱大塊兒。
他要他們死。
他要從他們屍身上跨過去。

◇◇◇

唐寶牛是從一次在風雨中受困於茅廁中的突圍裡，得悟用蒼蠅作爲暗器可把人唬住的怪招，所以，他鏢囊裡，常放了些蒼蠅、蚊子、痳蜂乃至蚱蜢、水蛭、牛虻諸如此類的東西。

可是這些事物只能干擾敵人。

不能殺敵。

殺敵要憑真本領。

——甚麼才是真本領？

唐寶牛一聲虎吼：「看我真功夫！」他一個虎跳，就揮拳撲了過去。

他三次嚇退敵人。

三攖其鋒。

敵手已怯。

——這正是反擊的最佳時機！

◇◇◇

他一上來，矛和棍都變成集中向他身上招呼過去。

唐寶牛左手拳，右手掌。

掌劈棍。

拳擂矛。

他兇。

拳悍。

掌厲。

但三招。

只三招。

三招後他已失勢。

他的局面已誰（就算不會武功的人）都看得出來：

那不是敗局。

——而是死局！

◇◇◇

交手時間極爲短促。

對唐寶牛而言，他第一招抵住了棍，第二招格住了矛。他沒有敗。

敗在第三招。

——對方的武功可怕之處在於：在第一、二招已試出了敵手的功力，第三招便已有了對策，再一招就足以把敵人擊敗。

唐寶牛是敗於第三招。

但他只敗。

未死。

——以劉全我的武功，足以能擊敗他，但要唐寶牛喪命，恐怕還得大費功夫。

可是唐寶牛面臨的不只是敗局。

而是死局。

因爲——

◇◇◇

唐寶牛在敗的時候立即急退。

一個人在遭受挫敗的時候，最好的辦法也是速退。

退可以避敵鋒銳。

退守方可自保。

唐寶牛一退，就退到了荊棘林中。

荊棘有千刺萬鉤。

唐寶牛只覺背上一陣刺痛。

然而劉全我在出手前已早算好他是退無可退。

是以第四招攻至。

袖。

袖風。

帶有淡香的袖風。

唐寶牛大叫一聲。

仍然力退。

背後荊棘全給撞折，他的背衫撕裂，月下賁厚背肌不斷隨著疾退添加紫灰色的血痕。

他居然撞倒荊棘。

——荊棘極其堅韌，連刀劍也不易砍伐。

可是唐寶牛只有他寬厚的背。

他的氣。

他的求生之力。

◇◇◇

爲了求生，很多人都會做一些平時自己不能做、不可爲、不敢行的事。

唐寶牛忍痛負傷撞開一條「退路」。

荆棘紛飛四濺。

劉全我有點意外。

他仍不放過。

他追擊。

可是荆棘迸飛於他身上、臉上，劃出迸濺的血珠，一如唐寶牛正一面退一面發放暗器。

這不足以殺傷他。

但卻足以阻撓他。

他的追擊慢了下來。

眼看唐寶牛就可以逃脫，可是荆棘叢中兀然冒出了一個人，一拳就把唐寶牛打倒。

也使他不僅掉入了荆棘叢裡，也落入了死局之中。

修訂於一九九二年五月

上海新民晚報刊出訪問

卅一　定局

這人一出手就打倒了唐寶牛。

可是也幾乎沒看見他是怎麼出手的。

唐寶牛背向這人，當然看不見。

連面向他的劉全我也看不見。

當他看到這人的時候，臉上的驚訝神色，恐怕不在唐寶牛之下。

這人似一直就在荆棘之中，就像向來就「長」在那兒。

對他而言，荆棘就似軟枕一樣。

他是如何進去的？

他是幾時進入的？

他爲何在這裡出現？

他是誰。

最後一項劉全我已不必問。

因為他知道來人是誰。

可是他也一樣詫異。

而且還有點憤怒。

一種受欺辱的憤慨。

所以他沉聲提氣，問：

「顧鐵三，你不是跟隨『元老』行動去了嗎？卻窩在這兒扮小人裝貴人的作啥!?」

◇◇◇

來人是顧鐵三。

——「六合青龍」中的「神拳」顧鐵三，也是六條青龍裡出手最少、但幾乎逢戰必勝的顧老三！

所以劉全我覺得驚詫。

——因爲顧鐵三理應隨元十三限去了鹹湖。

——他到甜山來幹甚麼!?

作爲領導甜山對壘行動的劉全我，當然爲此感到不滿。

◇◇◇

顧鐵三的人很慓悍。

慓悍絕對不止是肉體的力量，也含有精神的力量。

真正慓悍的人不必動手已有殺人且可把人殺死的說服力。

顧鐵三說話卻很冷。

很沉。

也很穩。

「元師父根本就沒有去鹹湖。」

這答案使劉全我更激動。

——陰謀至多只令他驚訝，但這陰謀連他完全不知情卻更使他忿慨。

「爲甚麼!?」

「投石問路。」

顧鐵三吐出這三個字。

「你說我們這一番辛苦部署，原來只不過都是元老手上問路的石頭！」

「不止是你們，」顧鐵三冷肅地道，「爲了大局，誰都要當石子，我也不例外。」

他說著，折下一截荆棘，居然咬了一口，然後，還一口一口的吃下去，吃得似乎津津有味，好像那荆棘是燒雞腿一般。

「爲甚麼元老不預先告訴我！?」

「預先告訴你，萬一風聲走漏，就瞞不住狡似狐狸的許師伯了。」

「你是說……天衣居士就在甜山這一路裡頭！?」

「許笑一是個絕對不會把黑鍋卸給他門下弟子的人。所以只要有一處出現爲他作戰的門人子弟，他就不會丟下他們不管。」

「那他又故佈疑陣作啥？」

「那是他聰明之處：第一，他還有五成以上的把握，可把師父調虎離山引到鹹湖。第二，就算師父也在這一路，許笑一不到最後關頭，也可以隱忍不出，同樣以他的朋友門徒作幌子掠陣。第三，萬一真撞上了，他只好硬打這一仗，包不準仍有三成勝算。」

「所以……元老是抓準了許笑一的性子，只要抓準一處有敵蹤的，咬定了它的死門，姓許的便遲早會現形？」

「這叫以不變應萬變。」

「可是……這兒和老林寺中許笑一的人，全給我踩下了，肉在砧上，他卻仍未現行蹤，他確是在甜山一路的嗎？」

「我也不知道。智者千慮，必有一失。有時候，以不變應萬變，也不是準能成的。人家既以一拳打來，你不閃不避，不見得就一定能把人嚇走；有時候，少不免還是要變，有時還得要以億變應萬變呢？」

「也許是天衣居士的性情大變，那就難以常理推度了。」

「也可能是許師伯一向以來，都故示假情假義，讓師父判斷錯誤。」

「那你是他派來監視我的了？」

「我只是來幫助你的、接應你。」

「我一人已足以取勝，不必你假好心。」

「沒有我，他說不定已經跑了。」顧鐵三冷觀趴在荊棘堆上的唐寶牛。

「沒有我迫住他，」劉全我寒著臉道，「你能暗算得了他？」

兩人針鋒相對。

顧鐵三忽爾一笑：「好，這人算是你拿下的，我不跟你爭。」

劉全我嘿了一聲，喃喃道：「本來就是我的功勞，沒甚麼好爭的。」一面說著，袖子一舒，看樣子，他要在唐寶牛背後再補上一記。

可是，唐寶牛神奇的彈了起來。

他疾彈起來的時候，身上還嵌著數十支荊棘。

——那一定很痛了吧？

但痛只使他動作更猛烈疾厲。

他全身弓成一隻巨蝦一般，一下子，背向劉全我陡躍了起來，倏一個觔斗翻到半空時，他倒轉的臉正向著劉全我的眼，他一拳擊了出去。

他受了顧鐵三一擊，至少吐了三口血——他趴上去過的荊棘都沾滿了血漬，那血跡一大灘一大灘的，絕不是鉤刮造成的流血量。

但是他卻沉住了氣，並在這剎間突進了劉全我雙袖的距離，在同一剎間重拳出擊。

「卜」的一聲，劉全我鼻骨碎裂。

拳只及打爆了鼻樑。

去。

還不及打裂臉骨。

劉全我反應也奇速。

他立即倒飛出去。

——雖然他也馬上感受到了鼻骨刺在臉肌裡的椎心刺痛。

他的雙袖同時捲出。

捲住了唐寶牛的雙臂，發力一扯，把這巨大的身軀直扯得向顧鐵三飛撞了過去。

顧鐵三沉著的叫了一聲：

「好！」

語音卻隱吐著奮亢。

他的「好」字有三重意義：

一是唐寶牛居然能捱得住他那一擊，好體魄！

二是唐寶牛反擊得突然，連他也頗覺意外。

三是劉全我雖然負傷，但仍反應奇速，把唐寶牛紮手紮腳的扔向他。

他會放棄這機會嗎？

——他先前已經暗算過唐寶牛了，沒有把握的時候，他是不會輕易出手的；但既然已經暗算過了，仇也結下了，他會輕易收手嗎？這時際，唐寶牛雙臂已給裹著，他難道會讓對方活下去然後有一天向他尋仇麼？殺死現在的敵人和將來的仇人的機會，他會輕易放過嗎？

當然不。

他理應動手。

因爲殺唐寶牛已成定局。

唐寶牛死在他手上也已幾乎成定局。

——劉全我要的也是這樣。

——他要殺這巨靈一般的壯漢。

——但他不希望這漢子死於他手。

——他不想惹動其他的「六大寇」找他的麻煩。

所以，殺人的事，還是交給顧鐵三的好——雖然，他恨不得把打爆他鼻骨的人連頭帶骨都啃下肚裡去。

可是顧鐵三卻沒有動手。

不是不動手，只是沒有向唐寶牛動手。

因爲他來不及。

他要面對另一個大敵。

另一個巨牛似的大漢。

朱大塊兒。

卅二 慘局

朱大塊兒飛撲過來，人未到，顧鐵三已覺呼吸為之一窒。

只聽朱大塊兒怒吼道：「別傷我唐哥哥！」

他搶步向顧鐵三。

顧鐵三一看來勢，便把原來要打向唐寶牛的招式全轟向朱大塊兒。

朱大塊兒才接一拳，已叫道：

「挫拳!?」

唐寶牛緩得一口氣，落下地來，劉全我不意顧鐵三殺不了唐寶牛、一愣之下，唐寶牛已在地上紮穩了馬步，拚盡神力，直陷入地，劉全我數扯不動。

卻在這時，朱大塊兒又駭然叫了一次：

「挫拳！」

唐寶牛一句吼了回去：「挫拳就挫拳，有啥了不起！他挫你，你折他呀！」

他是因為不知道「挫拳」的威名，所以才這般罵來神閒。

「挫拳」是以挫敵銳氣爲主力的拳法。

——別的不說，單止以掌功名震天下的鐵手也曾爲「挫拳」所挫。

他的雙手無堅不摧，但挫拳使他感覺到：無堅不摧並不能代表也無敵不克。

「挫拳」不僅攻敵，還能擊碎敵人的信心。

——失去信心的敵人，自然不戰而敗。

——只要打擊了敵人的信心，便能不戰而勝。

◇◇◇

朱大塊兒第三次大喊：

「挫拳!?」

唐寶牛張嘴又要吐罵。

「死就死，叫甚麼叫!?」

但他始終沒把這句話罵出口。

因爲罵不出口。

不只是爲了劉全我雙袖已把他雙臂索緊、緊套，他已呼息困難，而也是因爲他幾乎不敢相信親眼目睹的事：

朱大塊兒對顧鐵三的攻擊，如豹似虎，勇悍絕倫！

他叫歸叫，喊歸喊，他手上腳下，可一點也沒閒著，一點也不容情。

而且只進不退。

只殺不饒。

只攻不守！

◇◇◇

他高大。

豪壯。

可是他的腿在抖。

亂顫。

一如一個正在發羊癇的人，吃痛的狂牛，不能歇止的奔馬。

可是這卻使在旁的劉全我叫了起來：

「癲步！」

◇◇◇

癲步！

——這是武林中一種失傳已久的步法，誰也沒學會這種奇步！

但朱大塊兒卻使出這種只進不退、退比進時更殺烈的步法。

而且還使得十分純熟！

◇◇◇

顧鐵三的「挫拳」，精於防守，更擅於出擊。

曾有三十八位高手跟他交手：三十八人，都已成名，各屬一方宗主。其中有十二人是拳師，十一名是以掌法成名的，十四人以招式稱著武林，還有一人是暗器高手——唐三毛的暗器以細密急準聞名江湖：你只要有比毛髮還細的破綻，哪怕只出現於十分之一刹那，他也有本事把他的暗器打入這迅現瞬滅的空罅裡，取人性命。

這是蔡京對他的試煉。

比鬥的結果是：卅八人，打了六個時辰，沒有一人，沒有一招，沒有一次，也沒有一件暗器，能在他雙手雙臂裡攻得進去。

而且他是只守不攻。

……要是反攻的話——

結果如何自不在話下。

◇◇◇◇◇◇

所以，「癲步」是搶入了顧鐵三近前，但卻攻不進去。

「挫拳」如山挫而至。

朱大塊兒的步法好快。

也很怪。

拳攻向他時，總是給他一擰、一扭、一閃就避過了，擊空之後，定必收招，原先出擊處必成空隙，朱大塊兒這麼一個龐大的身軀，也不知怎的，一閃、一扭、一擰就又回來了。

然後朱大塊兒還擊。

他不是用手出擊。

而是用腳。

——他一面踩出最奇最妙最巧又最兇暴的步法，一面又在如此繁複多變又浮移不定的步法中提腿進擊。

他這回一動，連唐寶牛都叫了起來：

「瘋腿！」

「瘋腿」是一種奇特的腿法，相傳只有四大名捕中以腿功成名的追命會用。

事實上，追命不會。

他公開承認過他不諳「瘋腿十八法」，並認爲：「瘋腿的踢法連我都意想不到。」

這句話還有下文，雖然唐寶牛沒聽說過。

「——如果用瘋腿配搭上癲步，如此腳法只怕我也應付不了。」

而今追命所說的，呈現在這看來臃腫蹣跚、行動不靈的朱大塊兒腳下。

◇◇◇

劉全我立即全力攻向唐寶牛。

——先殺了唐寶牛，再與顧鐵三合力收拾這大塊頭。

可是朱大塊兒竟拚上了命。

他本來已穩佔了上風。

但他要做的事是十分困難的：

他要帶動顧鐵三，他要帶動整個戰場，他要把顧鐵三和劉全我合在一起打。

——也就是說，他要以一敵二，把唐寶牛的險境，承擔過來，也把唐寶牛的大敵：劉全我攬到自己的身上來！

朱大塊兒這樣做，無疑送死。

至少如同送死。

但他已這麼做了。

做得義無反顧。

毫不畏縮。

◇◇◇◇◇◇

唐寶牛脫困。

那兩道本來軟綿綿但把他綑得死死、七世三生都似掙脫不了的袖子，全像怕給燒著一般疾收了回去。

然後像忽吐的瀑布一般瀉向朱大塊兒。

——劉全我已改變了主意：既然已欺了上來，他就先跟顧鐵三收拾了最難纏的大敵再說！

朱大塊兒顯然就要這樣。

他踩著奇步，踢著怪腿，然後，他在寬肥的背裡摸出一把刀。

砧板一樣的刀。

硬刀。

然後又在肥腰上掏出一把劍。

棺材板似的劍。

軟劍。

刀似是葵葉打造的。

很薄。

但很寬大。

劍像是木板製的。

很搓。

但卻很拙。

不過，這一刀一劍卻仍是鐵鑄的，而且軟時像麵粉一般軟、硬時如磐石一般硬、鋒銳時卻如針尖之快利。

他的劍法大開大闔。

他的刀法大起大落。

這次叱喝的是顧鐵三：

「大脾劍法！大牌刀法！」

叱聲裡已流露了恐懼。

他急退。

疾退向唐寶牛。

他的用意很明顯：

一，捨強取弱。二，殺唐。三，以唐爲人質，要脅朱。

這時，劉全我恰好以雙袖迎向了朱大塊兒。

也等於是迎向朱大塊兒的刀和劍。

這一下子，好像是事先約好一般的：劉全我和顧鐵三都不約而同的交換了對手。

◇◇◇◇◇◇

顧鐵三立意要先制住唐寶牛。

唐寶牛有十分震訝，十二分激奮！

——沒想到大塊頭的武功這麼好！

——更沒料到這大個子那麼悍勇！

——自己怎能輸了給他!?

所以他立刻反擊。

他一拳打向顧鐵三。

黑虎偷心。

顧鐵三也一拳打中他。

◇◇◇

顧鐵三中拳。

他沒有飛出去。

他是硬捱的。

他著了一拳，愣在那裡，驚詫還遠甚於傷痛。

他沒想到唐寶牛的拳勁是如此之厲，這一拳打得他五臟六腑幾乎都移了位，感覺到鼻孔似要吐出大腸和小腸，眼球一下子都充了血，幾乎要用胃部來呼吸。

——他原以爲唐寶牛武功不高，內功也不會好到哪裡去，但內功、武功都不是十分好的唐寶牛，這一拳卻極爲有勁。

那不是武功。

而是力。

一種與生俱來的力量！

——天生神力！

唐寶牛也著了一拳。

他強挺住。

他也是硬熬的。

而且不止一拳。

顧鐵三的拳又擊至。

——顧鐵三的神拳，一如鐵游夏的鐵掌，是接不下、罩不住、擋不了、熬不得的！

但唐寶牛仍然沒有避。

因爲他知道他一避就完了。

——這種拳功的可怕就在：自己稍加退縮，對方就會輕易取得全盤勝利。

何況自己已然負傷。

一旦逃避，反而逃不掉。

他很清楚：對方的目的就是要制住自己，用以威脅朱大塊兒。

所以他絕不逃避。

——老大沈虎禪說過：凡有必要的戰鬥，就絕不逃避。

他不但不避，還作出正面反擊。

蓬蓬二聲，兩人又互擊了一拳，各自一晃。

兩人都沒有退開。

是以第三拳又互擊箇正中。

待朱大塊兒趕到的時候，他們兩人已互擊了第四拳。

朱大塊兒的刀和劍和腿和步，把劉全我整個人帶動到唐寶牛這兒的戰場來。

劉全我是身不由己。

——同時他也有私心。

——對手的壓力實在太大了，他要把這瘋狂的敵力多分些給戰友顧鐵三去負擔！

這時候，朱大塊兒已把顧鐵三從唐寶牛的互擊中接過去了。

唐寶牛也想奮力過去支助朱大塊兒。

——人家幫他，他就勢必幫人。

——別人救他，他就誓定救人。

可是顧鐵三一旦停了手，他反而覺得天旋地轉，還空擊了兩拳，才能住手。

這一下，強敵暫去，他反而支持不住。

他以一股頑強的鬥志兀自撐著，但四肢百骸，有的似已飛上九霄雲外，有的像早已下了十重地府，有的如在自己胸腹之間絞扭成了殘缺不全的傷痛符號。

他能不倒，是因為關心：

——朱大塊兒那麼膽小怯弱，怎能對付這兩個如狼似虎的強敵！

◇◇◇

他現在能夠不倒，倒不是因為強忍強撐，而是眼前的事委實太令他錯愕驚訝，以致他倒不下（也不好意思倒下）去。

因為他看到一場大戰。

一場連他也感到震動羞慚的血戰。

◇◇◇

「大牌劍法」劍路坦坦蕩蕩，光明磊落，每一招都能頂天立地，每一劍都有大丈夫絕不受人憐的氣概豪情。

「大脾刀法」卻十分簡樸。簡，就像寫一二三。樸，一刀就是一刀，沒有變化，不必變化，變化在這兒已成了多餘。

這一刀一劍合在一起，成了一種極高明的配合，這高明在敵人面前就成了驚心。

趁朱大塊兒全力攔截顧鐵三向唐寶牛動手之際，劉全我用右袖捲住了他的咽喉。

朱大塊兒一刀斬斷了袖子。

劉全我的左袖卻抽打在朱大塊兒的臉上。

唐寶牛沒聽見朱大塊兒慘叫。

（奇怪，這當口兒他反而不大呼小叫了。）

也沒看見朱大塊兒閃躲。

（可怪的，朱大塊兒在這節骨眼上，竟然還一步不退、半步不讓。）

他一劍斫了過去，驚起一道血痕，濺在潔白的斷袖上。

顧鐵三的拳頭同時打中朱大塊兒。

朱大塊兒這時臉上都是血。

血自耳、眼、鼻、嘴裡淌出來。

顧鐵三擊中朱大塊兒第一拳，卻一連起了九聲悶響。

——看似一擊，實有九拳。

朱大塊兒沒有吐血。

給拳擊中的地方卻凹了下去，且滲出血來，很快的就滲濕了衣衫。

朱大塊兒仍沒有退。

非但不退，還起飛腳，從匪夷所思的角度裡一腳踢翻了顧鐵三。

這是交手的第一回合。

◇◇◇

第二回合也幾乎是馬上發生的。

原因是因爲三方面都沒有退避。

劉全我的袖子再度捲向朱大塊兒。

它像長蛇一般纏遮住朱大塊兒的視線。

朱大塊兒大喝一聲，一劍劈下去。

袖

斷

斷

袖

卻自旋舞，旋絞朱大塊兒面門。

劉全我已急閃至唐寶牛身後。

他顯然仍想以唐寶牛的性命威脅朱大塊兒。

朱大塊兒的視力已爲斷袖所混淆。

但他大喝一聲，出刀。

唐寶牛就在他前面。

他竟毫不猶豫一刀就劈了下去。

唐寶牛只覺從天頂到胯下，颼地一寒。

但刀並沒有劈中他。

背後卻陡起一聲慘叫。

劉全我掩面就跑，一路急滴下了血漬。

——到底刀鋒是怎麼透過他自己的身子而砍著背後劉全我的呢？

唐寶牛並不明白。

也來不及明白。

可是卻見顧鐵三扭身又上。

揮拳痛擊朱大塊兒。

奇怪的是，拳都擊在砧板一樣的刀背上。

而棺材板一般的劍卻劈在顧鐵三的臂上。刀不折，手也沒斷。但顧鐵三退了一步。

終於退了。

雖只一步。

——這一步真是一寸山河一寸血，一招生死一招魂。

◇◇◇

這是第二回合。

◇◇◇

可是第三回合又馬上開始了。

掩面退走的劉全我不知何時，已潛到了朱大塊兒背後。

他臉上從額至頷有一道傷疤血痕，至少有三分深，使他看來，份外猙獰。

他全身急旋。

捲起一道旋風。

他自己就是那旋風的中心，如同一顆砲彈一般，急射向朱大塊兒。

顧鐵三好像是退。

但在退那一步中突然扭轉爲急跨一步。

變成前進。

他全身像變成一道鑽子。

鑽尖是斜舉的右拳。

這一拳釘住朱大塊兒的面額。

也釘死了敵人的臉。

——看來，顧鐵三和劉全我都已祭起了奮力一擊，必殺朱大塊兒！

看到這種凌厲無儔的「殺勢」，唐寶牛忍不住向朱大塊兒大喝一聲：

「快逃！」

他這一張口，憋住已久的血就疾噴了出來。

（不能打下去了——打下去朱大塊兒得要完了。）

血霧紛飛。

血雨紛飛中，他卻看見：

朱大塊兒居然不退。

他把刀和劍都擲了出去。

劍在血夜裡像化成了一道青龍。

刀在黑裡似化成了夜梟。

刀劍掟向顧鐵三。

——在如此近距離中，他竟仍有辦法擲劍扔刀，攻擊敵人。

他同時返身撲向劉全我。

兩手全面張開，一把抱住了旋風中的劉全我。

然後唐寶牛就聽到一種聲音：

骨裂的聲音。

還有骨碎的哀鳴。

◇◇◇◇◇

第三回合結束。

戰鬥已成爲慘局。

——有人死了，不死的人也負重創。

劉全我整個人仍栽在朱大塊兒的懷裡，看似一截凍硬了的冰棒，一動也不動。

顧鐵三在月下冷冷的看著他，像一隻守候已久的豹子。

他手上拿著刀，還有劍。

朱大塊兒的刀劍都在他手上。

朱大塊兒的五官仍淌著血，而且血溝仍在閃爍蠕動，血流還未止休。

他臂彎裡的人，雙腳朝天開了叉，久久沒有動靜。

卅三 藥局

顧鐵三瞳孔收縮，突然以一種出奇的厲烈，問：「你還要強撐嗎？」

朱大塊兒的回答卻跟他所問的無關：「放下你的刀——」

然後再加兩個字：「和劍。」

◇◇◇

顧鐵三抹去嘴邊的血。

（他要是不用衣袖抹血，唐寶牛還不曾發現他也吐了血——因為顧鐵三予人的感覺是那麼樣的悍強、強悍，就像是鐵打的。）

他抹血的姿勢掩飾不了嗜血的眼神。

他仍在問：「你撐得下去嗎？」

朱大塊兒豪笑。

笑得地殼猶在震動。

——也不知是因爲他的笑聲太豪，以致震撼了地面才震驚了人心，還是笑聲太烈，先是震嚇了人心才震動了地面。

「你不想像他那樣，就先放下我的刀和劍，然後滾。」

「他」當然是指在他臂彎裡拗得卡住了的劉全我。

顧鐵三摸摸下巴。

「我爲啥要還你刀劍？」他還在試探，「你沒有這刀和劍，就像老虎沒有爪和牙，對我而言，不是正好？」

朱大塊兒爽快地道：「你可以不還。但這刀和劍，你得了也無所用。你不還，我就不會讓你帶著走，我受傷，你也負傷，你們兩人聯手合攻，還喪了一個，現在只剩下了你，爲它丟了性命，值不值？」

驀然而動。

步法。

・奇特的步法，猶如鵝行鴨步，但十分迅疾。

一下子，他把地面的藥材分好了一小堆，至少有十七八種藥物，其中包括了娑羅子、蠶繭殼和青木香。他不是用手，而是以腳分藥。

「你要是放下刀劍，你的內傷，可用這些藥治好。」

顧鐵三看了，才長吁一口氣，眼中閃過失望裡炸著狠毒的光芒。

「這藥方我記住了，會試用。」他丟棄了刀，還有劍，噹然落地，才說下去，「今晚看來是收拾不了你了，後會有期。」

話說過就走了。

連看也不看仍在朱大塊兒懷裡的劉全我一眼：彷彿他從來不認識這人，而世上也根本沒這個人似的。

◇◇◇

這回是朱大塊兒自己舒了一口氣（血就在他吁氣的時候衝喉而出），道：「第四回合完了。」

說完他就咕蔘一聲栽倒下去。

在他臂裡拗斷了頸骨、挾碎了頭骨、折斷了脊椎骨和崩斷了尾樑骨的劉全我，也掉落到地上來。

◇◇◇

——第四回合?

唐寶牛不明白。

——不是只打了三個回合嗎?

如果有「第四回合」,朱大塊兒似比前面三個回合都還要吃力、吃重、吃不消的樣子。

唐寶牛而今卻弄明白了一件事:

原來朱大塊兒的武功是那麼高的!

他竟以一人之力,格殺「風派」首領劉全我,又逐走與四大名捕齊名的神拳顧鐵三。

可是明白了這點之後的唐寶牛,卻更是不明白了:

——既然朱大塊兒的本領那麼大,又何必一直以來都表現得那麼膽小?

——既然朱大塊兒一向以來都那樣膽怯,爲何今夜之役又這麼豪勇英悍、膽大包天!?

他正要問,卻見朱大塊兒又奮力坐起。

他在地上攫集了一些藥材,放在手心,以內力研磨,張口嚼嚼,咬汁吞下,然後又再收集了一撮藥物，交予唐寶牛：

「跟我那樣，服下。」

唐寶牛一看，藥材有鐵莧菜、水苦蕒、灶心土，都是些止血養傷的藥。

——這時候，這種傷勢，這樣幽暗的月色下，朱大塊兒認藥竟還能不差分毫。

唐寶牛忽然覺得他佩服這個人。

他好佩服這個在他眼前一直都很瞧不起的人。

◇◇◇◇◇

不過他仍不明白。

所以他問。

他不明白的就問。

——世上有一種人，自以爲是聰明人，不明白的，不問，以爲這樣就可以讓人以爲他是明白的。殊不知，他只是固步自封而已，不但學得比別人少，也比別人慢，而且，人人都明白他是不明白的。

——也有一種人，利用發問來製造他的權威：他每次提出問題，不是爲了要誠心虛心的去請教人，也不是爲了要去尋求解決問題的方法，而是爲了要炫示他的識見、他的深度或是他的「智慧」；當然，這種人和這種做法，通常都無「智慧」可言。

——大多數的人，不問不是因爲他明白，而是因爲他根本就不明白。

唐寶牛很粗豪。

有時也很莽撞。

且帶點霸道。

但基本上，他還是個相當受朋友歡迎的人。

因爲他有時自大，是爲了自嘲嘲人。

有時自負，其實是逗人歡笑。

他並不孤僻。

他樂於助人。

他好發問。

——一種發自真心的請教。

「你騙我？」

「我騙你甚麼？」

「你武功極好！」

「你從來沒說過我武功不好。」

「你裝蒜！」

「我只是不喜歡炫耀。」

「你假裝膽小如鼠！」

「我膽子是不如你大，見著蟑螂老鼠，都忍不住要叫救命。只不過，事到頭來，我是會拚命的。我只是不興著嚷嚷而已。」

「我力敵劉全我的時候，你卻袖手不理！」

「那時候你跟劉全我是一對一，只要一對一，我就不能幫你。」

「如果我不是他的敵手呢？」

「那你只好輸了。」

「唏！你就眼看他殺我!?」

「他贏你可以，但殺你我就一定阻止！」

「你——你英雄！平時卻裝狗熊！」

「我也沒啥英不英雄的。我怕事，但要是事情逼上門來，我是敢拚的。」

「所以你跟他們兩人動手，招招搶攻，爲的是嚇破他們的膽子？」

「因爲我估量戰力：你已受重傷，以我個人之力，頂多只能和顧鐵三三百回合內打成平手，所以如不恃強嚇退他們之一，又以豪力拚一身傷格殺另一，今晚是決活不下來的。」

「……嘿，你真的做到了，你以足趾分藥，可把那顧鐵猴的懷疑一掃而光，夾尾便溜呢。」

「其實我自小自藥局出身，在天未亮前就要把藥件一一分好，早已成習，這根本難不倒我。」

「哎，看來，出身前在江湖多歷些世，多懂些行業手藝，真有絕大的好處。」

「現在，就等你拿出長處來。」

「甚麼長處？」

「七大寇不是有特殊聯絡的方式嗎？」

「是啊。」

「你還不快通知跟在居士身邊的方公子：千萬不要來甜山這一道！讓他即時轉

告居士，不要落入埋伏。」

「你們『桃花社』的『七道旋風』不也有很特別的聯繫方法嗎？」

「沒錯。但我的傷……」

「你其實已傷得很重——？」

「誠如顧鐵三所言；我只是死撐罷了。那一刻我不能倒。」

「你是爲了我。」

「也是爲了我自己、我們大家。」

「我倒一直小覷你了，我以爲你只是個怕事膽小、平常連看到一隻蠑螈也尖呼的窩囊！」

「我是怕事，但不膽小。見到流血就嚇得手顫，不等於我在生死關頭不敢大開殺戒。這跟一個容易笑也容易流淚的人，不等於就沒有骨氣不夠堅忍是一樣的。流淚和笑，是代表那人是個有情人而已。有情人也一樣可以有硬骨頭。」

「——對，我有個朋友，是那黑炭頭，也是這樣子。動不動就黑口黑臉，一副忒的憂國的樣子，其實只是愛鬧情緒。他一遇痛便叫爹喚娘，求饒不已，但遇上大關大節，可寧死不屈哩！」

「你說的是張炭？」

「嘿！不是他江湖上還有哪顆炭？」

「但你該發訊號了。」

「我一早已經發出去了。」

「哦？」

「——就在你一人對付他們兩人的時候，我雖傷得半死，但還能把這件十萬火急的事十一萬火急的做好它。」

這次到朱大塊兒嘆了一口氣道：「看來，我也可把你小窺了。」

說完他就嘔血不止。

——彷彿，在未知此變是否已通告了天衣居士之前，他還不敢把胸中的瘀血盡吐出來呢！

唐寶牛喃喃道：「你對付顧猴兒和這劉長袖的法兒，對方兇，你更兇，敵人變，你大變，對手攻，你搶攻，真是以億變應千變，了不起。我可也給你搞得眼花撩亂，差點過不了今年這小限！」

朱大塊兒慘笑道：「我們這不過是小限，可是天衣居士那兒，才是大限，我們的生死，只是個人的；居士若是出了事，我們這組人只怕要全軍盡墨，而奸相照樣橫恣暴虐，還不知要枉死多少良善，國家要斲喪多少元氣！你別管我，快去相助天衣居士那兒的戰團。這傢伙的骨頭雖給我挾斷，但他的雙袖金風也侵入我五臟，所以剛才當著顧老三面前，我不敢鬆手。一鬆手，就洩了氣，屍身就掩飾不了我的傷勢了。」

唐寶牛瞪著牛眼不肯照他的話做：「你受傷太重，我不護你，誰護你？」

朱大塊兒急得要以大手拍地：「我不要緊，我們生死存亡都不重要，天衣居士那兒才吃緊，國家興亡才重要！」

唐寶牛卻道：「誰說不重要？沒有自己，哪有甚麼國家民族？一個國家，老要人民爲他犧牲，我看也不是甚麼好國家。身爲朝廷，老是壓榨百姓，早該反了它！先顧好自己，才有家，才有國，才有民族！」

這回是朱大塊兒瞠目道：「——難怪你是『寇』！」

唐寶牛咧嘴笑了：「在這時勢裡，當賊的至少要比當官的有骨頭些。何況我們劫惡的，助善的，殺壞的，幫好的，不是自己勞力換來的，向來一文不取。」

朱大塊兒央求他道：「你還是快去助天衣居士一臂之力吧！」

唐寶牛搔搔頭皮道：「可他在哪裡？」

朱大塊兒急道：「他如果真如顧老三所言，給元十三限料著了，只怕就一定在甜山這一帶，暗中裡助我們。既然剛才我們那麼凶險他都沒現身，就一定是在老林寺老蔡那一組裡。他這今還沒有趕來，就一定是遇事了。」

唐寶牛托著下巴，打量朱大塊兒，好像正在「研究」他：「沒想到你也很有腦袋。」

朱大塊兒只催，「快，快去。」

唐寶牛仍是不放心：「你……你一個人在這兒，真的不礙事？」

朱大塊兒只說：「我正好可以自行療傷。」

唐寶牛又問：「你真不要我揹你過去？」

朱大塊兒沒好氣的道：「你自己也傷得不輕，揹著我，你還走得動嗎？」

唐寶牛這回倒說實話，不逞強，「負你，我還能走，不過，到老林寺時，怕已天亮了。」

然後他向朱大塊兒一躬背，喃喃自語的說：「也罷，今年我小限不利，血光難免，人生一世，但求過癮，傷既難免，死亦不妨！我姓唐的頂天立地，怎可置負傷老友不顧。」

才負到唐寶牛背上，朱大塊兒已咕的一聲暈了過去。

——彷彿，如果沒有人去支援天衣居士那一伙（且不管是否真能有助），他還不敢失去知覺呢！

了。

他暈過去的時候，發出「咕」的一聲，就跟肚餓時的聲音差不多一樣。朱大塊兒要是還醒著，一定又令唐寶牛把他暈過去的聲音當作笑柄調侃話語了。

稿於一九九一年四月九日
南洋商報演講「江湖秋水多——
一個大馬作家如何在港、臺、中國大陸『生存』？」
校於一九九一年四月十一日
應大馬青年作家協會之邀於陳氏書院演講：
「武俠。文學。詩——一次詩與劍的昇華」。

第三篇　大限

這故事是告訴我們：

一個人可以無財無勢、無才無志，只要有運氣，他還是可以甚麼都有——最多不能有大成。

一個人要是甚麼都有了，就算他很努力，只要他沒有運氣，就會變得一無所有。

可是運氣是不能掌握的，與其只等待運氣，不如去創造運氣——管它有運無運，至少已為自己爭了一口氣。

嫉妒別人的幸運，等於加重別人的幸福；破壞他人的幸福，只是傷人傷己。

做人要有高揚意志，平寬心情。

第一章　我變！

卅四　騙局

坐蓮騎師的文殊菩薩神像裂開。

出現了一個他。

◇◇◇

他趺坐在佛像內。

清修如竹。

清秀如竹葉。

甚至山嵐掠過了他之後，再吹拂眾人，也感到一陣竹風。

他端坐那兒，坐得天地與我同根、萬物與我一體，直如嬰兒恬睡初甦一般，雖有眼耳鼻舌身意，卻不能分別六塵的無功無識。

甚至連因果都可以不昧。

蔡水擇和張炭都「啊」了一聲。

——居士真的在這裡！

張炭第一個反應就是驚喜。

然後他的心馬上沉了下去：

——既然天衣居士真的在佛相內，也就是說他已受人所制了。

蔡水擇的反應則是同時並起了慚愧與警惕：

警戒——老林和尚究竟是敵是友？

羞愧——自己居然沒發現這寺內還有人！

老林和尙卻漫聲長吟道：「相送當門有脩竹，爲君葉葉起清風。」

他隔空彈指。

指風掠過佛燈，帶有禪意，一如竹風掠空。

他先彈開天衣居士的「啞穴」，然後說：「許兄，老衲這般做法，你苦心可能體會？」

天衣居士徐徐睜目，徐徐嘆道：「大師這又何苦呢？啓啐啄機，用殺活劍，該死的死，應生的生，大師又何必爲了我的事，如此幾費周章呢？」

老林合什道：「居士是老衲的方外至交，老衲實不願眼見你死，所以才會驟施暗算，制住了你。」

天衣居士平平淡淡的說：「一心不生，萬法無咎。我既然動了意要入京，便離不了是非因果，不能做無事人了。連大師都暗算我，我是意想不到，但我還是相信大師，這樣做必是爲了我好。可是，這般做，其實對大家都不好。」

老林道：「老衲不計算你，又焉能制得住你？當日我這個半殘成廢的白痴，要不是你以本來研製自救的藥來治我，要不是你給了我度牒，化解出家，我哪還有命在！誰說制住你沒有用？他們裡中，有出身敝寺的弟子，知道元十三限算定只要有你一個弟子、朋友出現之處，你便一定不會在別的地方，任由他們冒險，所以也定必趕來這兒。老衲制住了你，擺你進神像裡，你不出來，元十三限以爲自己中了你的計，果然走了，想必是去了鹹湖截擊。如此，你可安然無恙，既不必跟他在鹹湖遭遇戰，也無須於甜山與他生死鬥，大可悄悄潛入京城，殺掉蔡京，功成身退，勝了這一仗。」

天衣居士微微皺了一下眉頭。

他用手捂了捂胸，然後道：「這是如意算盤，可是，元師弟不是個容易受騙的人。」

老林的眉色相當得意，鬍子也很得意，如果他有頭髮，髮色想必也非常得意：「無論怎麼說，他還是給老衲騙了。」

天衣居士忽道：「你有沒有聞到一種氣味？」

老林和尙用鼻子一索：「有人死了，當然有臭味。」

天衣道：「剛給殺死的人有的是血腥味，但這氣味……」

老林道：「腐屍味？」

天衣：「你有沒有聽到呼息！」

老林：「一、二、三、四、五、六……六個。」

六個。

張炭也聽得出來：

六個呼息聲，有一個還很微弱、極微弱。

在寺殿裡還活著的人有：

天衣居士、張炭、蔡水擇、無夢女、還有老林和尚自己！

還有一個就是好像是已經死了的趙畫四！

——難道趙畫四未死！？

張炭立刻聚精會神：

的確，在趙畫四的軀體上，還傳來一絲細微已極的呼息。

他正要說話，可是老林和尚已蹙聳著銀眉算到：

「…………七！」

◇◇◇

七！？

難道還有第七個人的呼吸？

無論如何，以張炭的功力，這第七個人的呼息他是聽不出來的。

蔡水擇也聽不出來。

——就連老林大師也在仔細辨別後、留心分析後才叫得出那「七」字來！

是誰？有誰？還有誰竟能藏身在這佛殿內，竟一直不為這干高手所悉!?

◇◇◇

天衣居士這時嘆了一口氣。

無奈得就像長得漂亮的葉子卻看到花的盛開。

「假如是你已經來了，」他說，「又何不出來？」

老林和尚突然變了臉色。

——其實，人的臉色是很難說變就變的，甚麼「臉色遽變」、「臉無人色」那是非常情形，而且多也是非常人才會發生的現象。

動容容易變色難。

但這回老辣如薑的老林大師真的臉色大變，而且陣青陣白，忽紫忽紅。

他立即隔空彈指。

指法不再瀟灑。

這時已不講究從容。

重要的是速度。

也就是快。

指勁在空中發出如急風過竹隙的尖嘯，急射的卻是天衣居士！

蔡水擇和張炭都齊齊爲之大吃一驚，但隨後馬上明白過來：

老林禪師要立刻解除天衣居士給他禁制的穴道。

——可是，既然敵人已經來了，這時候再來解穴，來得及嗎？

◇◇◇

來不及。

◇◇◇

像有細線掠過半空。

那指勁像脫弩的箭，逕射向天衣居士，由於老林本意不想傷了天衣居士，所以這麼銳速的指勁卻仍是柔和的。

甚至帶點柔情。

這指一發出去，老林禪師臉如白紙，四指彈動，像織紗一般，沒有發功的拇指反而顫動不已。

張炭見多識廣，他一看到這種指法，就知道眼前這僧人是誰了！

◇◇◇

沒想到是他。

沒想到他也來了！

沒想到他竟出家當了和尚，沒想到當了和尚的他也來插手管這件事！

◇◇◇

那八道指勁似有細線連著，拂捺天衣居士身上十六道要穴。

住的。

——老林封了天衣十六處穴道：要制住天衣居士，只三兩道穴道阻塞是困他不

天衣居士雖然因真氣走岔，內功薄弱，但他自有辦法解除身上的禁制。

所以老林大師一口氣封住了他十六處要穴——那就好像是一連下了十六道鎖，從腳趾，鎖到頭皮，包準都不能動一動。

這種獨特的穴道封閉法，在點穴的時候，秩序稍有倒錯便會使人致命，解穴之時也一樣。可是，封穴道點落的秩序本身，卻完全是顛倒、錯亂、繁複的，例如第一下指處是腹下的關元穴，但第二指卻轉到了足踝的解溪穴，到第三指時卻在肩上的秉風穴，第四指轉落頭側的耳和髎穴，第五指又得回落印在關元穴。

這種離亂而且離奇的打穴法，只有他和他那一家子的人能夠掌握。

所以他很自信。

也很情急。

他急需要先解天衣居士被封制的穴道，因爲大敵來了。

指勁似有絲線牽引。

掠空，

但問題是：執線的人並非老林。

而在別人手裡。

不。

不是人。

而是神。

——菩薩！

擺佈指勁的「線頭」，竟在菩薩手裡！

◇◇◇

菩薩有兩尊。

文殊菩薩的那一尊裡面藏了個天衣居士。

這是老林大師把他罩進去的。

他是這兒的住持，當然知道神像內是中空的。

可是另一尊菩薩也是。

達摩先師。

這菩薩會動。

一動就把十六道指勁接了過去。

接在手中。

玩弄於掌上。

——不管老林和尚如何努力把指勁收放，以致青筋突賁的額上滿佈了點大的汗珠，但仍然像孫悟空一樣翻不出這嶙嶙佛掌的五指山下。

這時候，也已經可以完全斷定來人是誰了。

他恨聲叱道：

「元、十、三、限!?」

金身的菩薩展動了金色的笑容：「雷陣雨，你還逞甚麼強!?你的騙局，已早給我破了，你佈的騙局，一早已落入我的騙局裡。老林，這本來沒你的事，好好的青燈古佛你不修，卻來應這場劫!?」

菩薩當然不會說話的。

——至少，菩薩塑像是不會說話的。

要說，也不會說這樣子的話。

這使得蔡水擇和張炭驚疑不已：

這到底是幻覺，還是妖術？抑或元十三限就是菩薩而菩薩就是元十三限!?

——且不管是妖術還是幻覺，來人卻肯定就是：元一二三四五六七八九十十一十二十三限！

這點已絕不容置疑。

卅五　總局

元十三限姓元名限。

十三是別人加上去的。

——因為傳說他有十三種神功，儘管「自在門」的高手每授弟子一種武藝自身必「神奇地」消失了那種絕技，而元十三限也把諸如「仇極掌」、「恨極拳」、「勢劍」、「挫拳」、「丹青腿法」等授予門人弟子，但他至少仍有十三種絕學是上天入地、只有他一人獨尊的。

所以他的一種絕學是敵人的一大限，十三種是十三限。

——大限已屆，死所必然。

元十三限是他所有仇敵的大限。

——此際，他也正是老林禪師的大敵！

老林禪師看著那尊達摩菩薩相，眼色產生了一種面對天威莫測、無能爲力的畏意。

他取出一條巾帕。

巾帕約六個巴掌大。

色紅如火。

像火燒其上一般的紅。

——那像是從一襲火燒著袈裟切取下來的。

他卻用它來揩汗。

——這時候的老林大師，每一個舉措，每一個動作，都小心翼翼，既不做任何多餘的舉止，也注重每一個動作之間的應合，他的懼意不但沒有影響他的戰志，反而使他更謹慎的營造著鬥志。

他似準備長鬥。

既要長鬥，便得養精蓄銳。

他不再浪費任何精力，哪怕只是一眨眼、一聳眉的力氣。

——天衣居士已爲他所連累。

——在這兒，只有他還可以與元十三限一鬥。

他不能敗。

他不可以輸。

他用紅布抹臉，卻出現了奇景：

第一次抹，臉成白色。

第二次抹，臉成黃。

第三次抹，臉青。

第四次抹，藍。

第五抹，紅。

第六，紫。

七，黑。

那尊「菩薩」在他第八次抹臉成像久埋在冰川的死人白靈一般顏色時，道：「你不止練成『封刀掛劍』奇功，還練就了『變色翻臉』大法。你的武功，沒有放下。雷損今天要是仍活著，他不會放心你，也不會放過你的。『霹靂火』雷陣雨，果然不愧是當日鼎鼎大名沙場殺敵的『殺頭大將軍』，也不愧爲當年『六分半堂』祖師爺雷震雷雷老爺子的兩大愛將之一！雷損一直還以爲你已癱瘓了——幸好他死得早。」

老林大師臉容相當激動，彷彿他生來五官就只能表達激動。「雷損能使老衲和『迷天七聖』關七鬥得兩敗俱傷，那是他的本領。老衲也確是成了廢人好一大段時候，所以才來這寺廟渡此殘生。」

「菩薩」嗤道：「甚麼老衲少衲的，你是鐵騎風雲的『殺頭大將軍』雷陣雨，也是『六分半堂』的副總堂主『霹靂火神』，有甚麼好裝蒜的！你儘管出了家、剃了渡、入了廟、升了天、變了鬼、化了神，都還是雷家霹靂堂的雷陣雨！你也只能是『封刀掛劍』雷家好手雷陣雨！」

雷陣雨卻閉上了眼睛，儘管他臉色還是在遽轉突變。「你也少裝菩薩了！你再怎麼裝，還不過是頭人魔罷了！」

那「菩薩」忽然金光四射——威猛莊嚴得令人不敢正視。

好一會，元十三限才道：「這兒本來沒你的事。」

雷陣雨道：「本來這世間已沒我的事。雷損運計使我重創於關七之手，且霸佔了『六分半堂』久矣，我也沒有意思復仇。」

元十三限道：「你老巢雷家，本來跟唐門交好已久，火器暗器，互相輔弼，威力十足，但近年卻開始成讎為敵，你要管事，不如先去管管你的家事。你這主事人怎麼撤掉總局不管，卻來管分局的事！」

雷陣雨道：「你知道我受關七重擊後，為何沒真的廢了？」

元十三限道：「我只知道關七與你一戰後，幾成為不折不扣的白痴。」

雷陣雨道：「那是因為天衣居士辛苦了多年研創出來的藥方，卻讓我治好了本來無望復原的傷！」

天衣居士忽道：「我的傷本來就治不好，醫你是因有緣。」

雷陣雨又問：「你知道當年我當殺頭大將軍，殺得敵人多了，受權相所忌，下在獄裡，幾乎就要變成給殺頭的大將軍，怎麼而今人頭尚在？還能在這荒山破廟裡當區區住持？」

元十三限冷笑道：「許笑一老是會做討好的事。」

雷陣雨接道：「不是。是洛陽溫晚保住我的人頭妻小。」

元十三限冷似傲冰：「今晚這兒，沒溫晚的事！至少，他還沒來。」

這回只聽天衣居士微微一笑，笑意裡竟像聽到一首好歌一闋好詞。

雷陣雨道：「我告訴你：當日，是天衣居士救活了我，也是溫晚大人保住了我。這回，溫大人託我暗中保護天衣居士，我能不盡力而為麼？我已死過一次，紅塵中，『六分半堂』已不是我人生裡的總局；人間裡，雷家堡也不是我生命中的主壇。我的總局在這兒，在這一戰，其他的，都是次要的，都是附屬的，都只是分局！」

元十三限道：「你一定要死我也可以成全你。」

雷陣雨喟然道：「我只是不明白，不明白我爲甚麼會陷在你的局裡。」

天衣居士忽道：「你的局設得很好，根本就是一個不可預測的變數。我先張炭等上老林寺來，爲的是要勸你不要插手這件事，趕快帶門人離開，沒料，你卻把我制住了。連我也沒料到你會這樣做的。」

元十三限也很實在的說：「他料不到，我更料不到。你們是好朋友，你跟我雖然會過面，但沒有深交，我更料不到這一著。」

這一來，卻使雷陣雨更苦惱了：「……你們既然都沒料到，卻何以有這種我反入局中的局面？」

元十三限道：「也好，趁你們未死之前，讓你們問個明白也好。我也沒料到你會出手，我只料定縱然只有一個許師兄的兄弟門徒友人在這兒，他就一定會往這兒坐鎮。他捨不了，天生就不是做大事的人材。劉邦爲了逃命，連兒女妻室皆可棄。許笑一則只適合隱居山林，卻偏要出來獻世。我抓準了這一點，然後望氣：整個甜山，今晚、這兒、此地殺氣最盛，那必是我們廝殺之所，所以我啥也不作，找一個人，扮作是我，在甜山之役的幕後調度，自己坐在這佛像之內，把一切事盡收眼裡。」

天衣居士這才明白。

他受雷陣雨所制時，心中也很驚愕，不敢置信：連老林大師也會出賣他！

但他很快便知道：

不是出賣。

而是為了他的安全。

可是，當雷陣雨把手中的弟子遣走，把他置入神像內之際，他感覺到很不對勁：

因為他感覺到這空晃晃的大殿內，除了有神，而且有人。

——甚麼人？

——在哪裡？

連他竟也沒能覺察出人在哪裡。

看樣子，似連雷陣雨也不知道。

——雷陣雨似怕給他說服了，又知他本領神通廣大，所以連啞穴也一併封了。

他無法通知這位好心的莽和尚。

從中他也明白了一件事：

——當日為啥在「六分半堂」的內鬥中，雷陣雨本來勢大人眾，但終於還是鬥不過雷損的理由。

雷損善於化敵為友。

——一旦成敵，他又確能做到殺手無情。

要不是雷損遇上的是蘇夢枕：一個看透了世情的俠客書生，早都給他的低姿勢所軟化了。

雷陣雨顯然不然。

——就算他在幫人，也會給他相幫的人很不心甘情願！

天衣居士當時還發覺一件事：

這兒有兩尊菩薩像，而且也是中空的。

也就是說，雷陣雨既可把他置身於這尊菩薩內，自然也可以把他放在另一尊菩薩中。

但雷陣雨毫不猶豫就選了這一尊。

——為甚麼不選另一尊？

除開雷陣雨可能知情之外，那座菩薩本身就有一種無形的壓力，使雷陣雨不敢去碰。

為甚麼會不敢褻瀆？

除了真有神力之外，那麼，這壓力是來自人——能夠無色無相、不著痕跡、連殺氣也不透露的施加壓力，使得雷陣雨這等高手也在不覺察間作出了選擇，當今之世，確沒多少人了。

天衣居士馬上省悟來者何人了。

但他卻苦於無法相告。

之後，雷陣雨出去了。

他大概去安排些甚麼。

可是天衣居士知道他安排甚麼都沒有用了。

——大敵就在眼前！

那時際，也許那神像內的人正要行動吧？忽然，天衣居士卻聽到神像內發出極其紊亂且不可思議的運息聲，既似三十個人藏在裡面一齊遇上極爲駭怖的事，又似一頭猩猩強行走入一頭大象體內的古怪聲響。然後，又驟然靜止，回到原來的全無聲息。

這當兒，蔡水擇和張炭正要進來佈局。

——哎，無論他們再怎麼佈局，都在他人的局裡哪！

卅六　分局

雷陣雨似有點忿忿：「他騙了我。」

元十三限道：「他沒有騙你。他是以爲我確已走了。我多戴著面具，他們也很少敢接近我，所以，他也以爲我仍在『洞房山』那兒指揮大局。其實，那兒也只不過是我的分局。」

雷陣雨哼聲道：「你真的知道他是誰？」

元十三限淡淡地道：「自然就是『捧派』的張顯然。他一味捧我，爲的就是教我不疑他。他原是少林俗家弟子，後犯了寺規，老林寺曾收容過他一時。」

雷陣雨道：「連你都知道是他，還不是他出賣了我？我索取的兩萬兩銀子，其中一萬兩，便是給了他。」

元十三限道：「他沒有出賣誰，也誰都沒出賣。我知道是他，因爲我懂相人之術，一看便知，是他了，不會是別人。」

他徐徐轉向天衣居士，問：「你也是派了此人在我那兒臥底，是不是？一個訊息賣兩頭，張顯然該去當商賈。」

天衣居士道：「你也派了人混在我們隊裡！」

元十三限道：「可是那是個很沒用的人，迄今爲止，甚麼正確的情報也不曾給過，完全要靠我自己的估量判斷——不過，這樣反而可以不受人誤導一些。到底，那人是不是你故意派給我作反間之計的，我現在還沒摸透。」

天衣居士一笑：「現在你已不必摸透了。」

元十三限：「對，殺了你，餘不足畏。而且，我的人和你的人正決戰於『塡房山』及『洞房山』，這叫總局有總局的龍爭虎鬥，分局有分局的生死較量。」

天衣居士：「我們真非見生死不可麼？」

元十三限：「你既已來京，必去相幫諸葛，我不殺你，俟你們會集了，就殺不了了。誰教你答允了我不出關，偏又跑到這兒來送死。」

天衣居士：「我來的目的，你應該清楚。」

元十三限：「你爲的是要殺相爺？」

「是。」

「所以我更容不得你活。」

「我是爲民除害，以淸君側。」

「你是要讓諸葛獨攬大權，你也要分享其成。蔡京是我恩公，誰要殺他，我先殺了誰。」

「罷手吧，蔡京一早已弄得民心沸騰、天怒人怨了。三師弟也一早想跟你聯手，共創大業。」

「住口！我再潦倒，也絕不會依附他！他是甚麼東西，他只不過會巴結，懂奉迎，機會比人多，運氣比我好而已！他那些成就，我才不稀罕！」

「這不只是運氣問題。運氣只決定於努力和性情。你不改脾性，只嫉妒別人的幸運，這樣只會加強他人的幸福，加重自己的不幸。破壞他人的幸福，是傷人誤己的行爲，老四你聰明一世，又何苦懵懂一時！」

「你少勸我！我只是不夠運！一個人可以無財無勢，甚至也無才無志，但只要有運氣，他還是可以甚麼都有——最多是不能有大成！一個人要是已甚麼都有，而且很努力，但是要失去了運氣，就會一無所有。我空有一身絕世本領，卻飽受運氣欺凌！」

「可是運氣是不能掌握的，與其苦待運至，不如自行去創造運氣！管它有運無運，至少你已爲自己爭了一口氣啊！不要再自囿於個人私心中，爲民鋤奸，至少是做了件名垂萬年、揚名後世的事！」

「名垂萬古？要是我已千古了，留名萬代又干我何事！我現在就爭今朝今夕的一口氣！萬年太長，今天我就要大成大就，如果不成，大死一番又何妨！」

「四師弟，做人是應該有高揚意志，但更重要的是要保持平寬心情。」

「二師兄，沒你的嘮叨，我就活得很歡快。你快退回白鬚園，我或可饒你不殺。我此生誓定要戰勝諸葛老三，否則枉自來世間空跑一趟！」

「你殺我也沒有用。三師弟仍輔理朝政，絕不容許禍國殃民的蔡京胡作非爲的。四師弟，你有一身絕藝，就算是報恩盡忠，也不該助紂爲虐、爲虎作倀啊。誰勝誰敗，並不重要，重要的是我成得可喜，敗得可傲！」

「你這是廢話。世人也只論成敗。只要人在世間活著，而且活得愉快，那就是成了。身後功過，誰人評定，與己何關？與人何涉？死了之後別人怎麼說，管它的！連活著別人指罵，都不重要！重要的是當權、得勢、成功、順利！你看世人論項羽，多說他狐疑逞勇，自招其敗，而劉邦性格能容人順應，成所必然，——如果楚漢之爭，最終敗的是劉邦，你看論者又會怎樣說？論勇，劉邦不如他。論勢，劉邦不及之。論力，劉邦不能比。楚霸王輸的只是運氣，敗在他的一念之仁，幾次都不趕盡殺絕，放過劉邦。其實，楚霸王仍是一世之雄也，那些諷嘲他的人，連他一隻腳趾尾都不能比。他在十年內叱吒風雲，名動天下，廿八歲起事，卅二自刎於烏江，活得虎虎生風，有氣有力，暗叱間風雲色變，揮指間萬人滅裂，後世譏諷他無才不智的人，憑甚麼褒貶他？他活過、成功過、壯烈轟烈過，不是這些宵小之輩所能企及萬一的。他已是蓋世英雄，尙且如此，我們爲啥還要把生命真義交給後世那些拾人牙慧的酸秀才評定!?」

「老四，你太偏激了。老三就勝了你一點：他能持平行事。」

「他成功，當然可以持平了。一個失敗者，根本就立足於失衡的一邊，怎輪到他來論秤?你且放心，諸葛有的是張良計，我元限也有道過牆梯。你引我出京，在此跟你對耗著，讓京裡防禦疏失，讓諸葛整頓京裡各路幫派人馬，脫離相爺的掌握。可是，相爺也早安排了人趁此去伏殺諸葛。所以，他也沒好過。如果說那兒是總局，這裡才不過是分局哪!」

天衣居士怒道：「卑鄙!」

元十三限道：「暗殺只有成不成功，沒有卑不卑鄙!暗殺是以己命買人命，當然要卑鄙。」

天衣居士隨即冷靜下來：「歷來要暗算三師弟的人何其眾，也沒見過誰能得手，三弟不是一直好好的活到現在!」

元十三限笑了。

——不，是那菩薩像笑了。

他的人在裡面。

神像裡。

可是神像卻是因而活了。

他造了神。

——他自己就是神。

這豈非跟世間大多數自私而又自負的人特性一樣：他們喜歡把自己造成了神，變成了佛，讓萬人匍伏，萬民膜拜？

◇◇◇

元十三限難得一笑。

天衣居士深知這一點。

——所以當論及諸葛小花生死之際，元十三限卻忽然笑了，而且還帶動了佛像一齊笑，這使天衣居士爲之心寒。

只聽元十三限笑道：「以前殺不了，這次一定成。諸葛再強，也有收拾他的辦法。」

天衣居士道：「你別得意太早，這回我們也有辦法殺得了蔡京。」

元十三限道：「其實殺蔡京又有何用？殺得了一個蔡京，還有千千萬萬個趙高、李輔國、魚朝恩和蔡京，只要天子昏庸無道，暱近奸佞，那殺了一個蔡京，又來十個百個，哪殺得盡？我護這蔡京，至少他護著我。誰對我好，我便對他好。誰用我材，我就為他們用，你現在只剩一張口，手腳都動彈不得，其他幾個烏合之眾，不堪一擊，卻還來口出狂言!?」

雷陣雨怒道：「元十三限，你少賣狂，你以為自己是神，就成佛了麼？你的弟子趙畫四，橫屍於此，你不一樣眼巴巴看著他死，束手無策！」

他這句話是怒罵。

一個人在生氣的時候破口大罵，往往是口不擇言的，這時，他也管不得、渾忘了自己是出家人了。

可是這句話罵出口之後，忽然省悟出一個蹊蹺。

連天衣居士的頭上也似給這句話點亮了一盞燈。

蔡水擇、張炭、無夢女同時都互覷了一眼。

他們對望的眼色裡全交換了一個問題：

這問題就是：

有問題！

卅七 時局

問題是：就算元十三限並不關心司馬廢和司徒殘的生死，但對自己親手調教出來的弟子趙畫四，總不會見死不救吧？

無夢女、蔡水擇、張炭聯手合襲趙畫四的時候，元十三限就在這寺廟中，這佛殿裡。

而且就在這達摩師尊的佛像內。

◇◇◇

為甚麼那時候元十三限沒有動手？

為何元十三限對自己徒弟的生死關頭竟袖手不理？

為啥元十三限自從給天衣居士道破他就在寺內後，迄今還沒有動手，卻只說話

——這不像是向來寡言孤僻的他一貫作風！

天衣居士突然道：「你是被困——你給困在神像內！」

元十三限乾笑了一聲，笑聲帶躁，「你以爲區區一座神像能困得住我？」

天衣居士冷峻地道：「神像是困不住你，可是如果神像果真有神，你再強也掙脫不了。」

元十三限嘿聲道：「沒想到這些年來不見，你竟會練就了這般迷信！我就是神，神我合一，無我無神，有我有神，是我是神，形跡相隨，水月天心，不必擺脫！」

張炭忍不住譏諷了一句：「你頂多只是個魔頭，卻來充神！」

天衣居士道：「你擺脫不了的不是神，而是這神像的靈氣所引發的『山字經』！」

這句話一說，神像內便沒了聲音，半晌，整個神像竟抖動了起來，像是不住打冷顫哆嗦一樣，未幾，金色的神像還滲出了密集的汗珠來。

這回可不是雷陣雨在淌汗。

而是元十三限。

「山字經！」無夢女忽然捧著頭，叫了起來，「我要『山字經』！給我『山字經』！你答應過傳我『山字經』的！」

這回到張炭摸不著頭緒：「甚麼『山字經』！」

天衣居士道：「根據張顯然的情報：元十三限似臨時調度了一兩位高手來助，其中一個，便是這位姑娘。這位小姑娘為元十三限效命，是因為她有頭疾，額上有傷，時發作疼痛要命，她得悉『山字經』中有一段經文能解頭痛，並能助她記憶前事，所以她才刻意討好元師弟，希望能在此役立功，好讓四師弟傳她治頭痛復記憶的經文。」

蔡水擇也問：「『山字經』就止這個用途？」他聽出天衣居士語鋒裡還頗有下文，因為連元十三限之所以會困在神像內都似與此經書有關。

天衣居士道：「『山字經』除了是佛典經文，同時也是一種完全有別於中土武林的運息之法。元老四要練成『傷心一箭』，首先得要學會『山字經』的運氣法，如果要把『傷心箭』練成頂峰，還得配合『忍辱神功』。」

卻聽佛像裡的人喘息怒道：「……你是怎麼知道我的『傷心箭』還未完全練成!?」

天衣居士道：「你曾跟三師弟交手多次。」

元十三限更忿：「果然是他告訴你的。」

天衣居士道：「諸葛師弟說：那時候，他也練成『濃艷槍』，他說要是你的『傷心箭』能練得法：一，他決不是你敵手；二，未來的武器兵器，恐怕全得讓位給你這手千里取人性命、心動即可灰飛煙滅的箭法！他斷定是你沒成。從招式上看，他也說以你的聰明勤奮，沒理由練不完全，很可能是對經文未曾全部參悟，又或者所得經文根本未夠周全。」

聽得出來在神像內的元十三限，頗爲震動，這下子，連呼吸聲也清晰可聞了。

天衣居士：「那時候，我們從你招式中揣想，多半是經文有問題。那一次，老三和我在『白鬚園』苦思了五天，一致認爲：除了你未能參悟透全部經文，又或者開頭部份經文有缺，你練習不得時局利導，也是沒學成的主要原因之一！」

元十三限、雷陣雨、無夢女、張炭、蔡水擇忍不住都一齊異口同聲的問：「時局？」

就差沒追問一句：這跟「時局」何關？

「對，時局。」天衣居士說，「有這樣的時勢，才有這樣的局面。有那樣時，便有那樣的局。你只一味苦練，就像在亂繩裡解結一般，那是不會有好結果的。」

元十三限怒道：「你……和諸葛，一早就看出來了!?」

天衣居士道：「我們都想告訴你，但一是怕你練得之後仍爲虎作倀，魔長道消：二是我們的話只怕你也聽不進去。」

元十三限道：「你們不說，只怕我學成了，你們就活不成了，少來假仁假義！」

天衣居士：「隨你怎麼說！你剛才是躲在佛像之中。老林寺既是古剎，也是名寺。千百年來，不知有多少人在此祈願誦經、膜拜上香，你一旦在此時此境進入此地此局，自困於菩薩身中，反而對經文豁然開朗，大有破悟之機，對不對？」

元十三限這回坦然承認：「我現在才知道：以前走了一條曲折路。不，根本那路是錯的，可望不可即，只是我硬要走對它，現在白折了許多彎，終於找到了路，才知道之前走的多是冤枉路，現在又得重新走過，我一直都沒想到在山裡廟裡神像裡參悟經文，以致鑄成大錯。」

天衣居士：「你太熱衷於名利，墮入紅塵滾滾中，太計較於成敗得失，又怎會遁世悟道，退一百步以求遠矚！」

元十三限：「但今回終教我悟破了：那經文是有問題，並不是我魯鈍難悟！」

天衣：「恭喜你。如此悟道，當真可喜可賀。」

元限：「要在如此局中才能適時破悟，你說英雄是不是一樣要等時待勢，一樣得要運氣好才行？」

「真正的英雄都在時勢未到時懂得養精蓄銳，充實自己，等待時機。劉邦要到四十八歲時才攫準一個時機揭竿起義，統一天下；張良在博浪沙擊秦皇不中，隱姓埋名，苦讀十年後，才出輔劉邦，安邦定國。不錯，時勢造英雄易。諸如陳平、韓信，在獨霸天下、不能容人的楚霸王麾下，鬱鬱不得志，得要投靠劉邦才能盡展所長，商鞅、李斯，得遇明君，且還要他所獻之策合乎君王脾胃才能放手興革。這是時勢，不可逆行。但唯大英雄者可應時而生，反過來能鑄造時勢。秦始皇、曹操、劉邦、宋太祖者莫不如是。」

元十三限一時無言，半晌才道：

「唇槍舌劍，我比不過你，但在江湖上比強鬥勝，論的是實力，我能參悟『山字經』，射出『傷心箭』，就是你們膽喪心驚之時。你少來恭喜我，假惺惺，心慌慌！」

天衣居士卻道：「你倒剛已破悟了『山字經』，惜因一時太過震動，急欲把練岔了的真氣回原，結果多年練法一朝逆變，使你真氣逆流、元氣脫落，墮入半失神傷元，半走火入魔的狀態之中——要不然，你早就對我們動手了，趙畫四遇危時你也早出手了。我說的可對不對？」

元十三限好不容易才掙扎了一句：「你剛剛沒看見我隨手破『哀神指』嗎？」

——「哀神指」是霹靂堂雷家「五大指勁」之一，就算一流高手，也不易招架，更遑論攻破了！

天衣居士卻悠然道：「如果你真的沒事，這句話你就不必說出來了。」

只有弱者才說大話。

只有心虛的人才用外表來壯大自己。

現在答案很明顯。

時局也很清楚。

——天衣居士不能動彈。

——元十三限也並不好過。

天衣居士是給困在菩薩像裡，那是因爲他太信任朋友，而要幫他的朋友卻越幫越忙。

元十三限也是給困在菩薩像裡。

他是自囿。

他因特殊的感應而破解了他心裡多年來的困惑，但對身心震撼過大，因而軀體反落入另一場困局裡。

可是這兒還有雷陣雨、張炭和蔡水擇。

還有一個像對元十三限無意相幫的無夢女。

這像是一個好機會：

一個剪除蔡京權相手上身邊一大幫兇的大好時機！

◇◇◇

隔了一會，只聽神像內用一種鬱雷蘊釀的語調道：「你以爲我真的脫不了困？」

天衣居士澹淨地道：「你脫困時悟不了道，悟了道時卻又脫不了困。世事豈能盡如人意！」

元十三限厲聲笑了起來，嘯笑之聲在神像內激盪不已。

「世事多不遂意——但我豈是常人！」

天衣居士嘆道：「秦皇掃六合，諸葛三分國，皆非常人也，仍難逃英年早逝之噩運！」

「不！」元十三限吼道：「不！我不認命！我不是不如人，我只是不夠運！諸葛這干得勢人講得勢話，你則是廢人說廢話！人生在世，數十荏苒，我不求不老不死，但絕不當袖手旁觀、無所事事的廢人，以出家、退隱、看破紅塵的名義來不作不爲、不聞不問，我既來人世走一遭，若不能驚天動地，就死無葬身之地又如何！」

天衣居士搖頭太息：「老四，你志氣太高，火氣太猛，所以戾氣太重、殺氣太甚。無所作爲，並非不爲，而是有所不爲，總比胡作非爲的好！」

「你少來教訓我！你以爲我已力盡？好，我就給你瞧瞧！」元十三限大喝一聲：「我變！」

稿於一九九一年六月初返馬探倩行
校於一九九一年六月底溫梁何羅返港

第二章 我變！我變！！我變！！！

卅八 困局

世上絕對有威名、或是威信這回事。

雖然威信、威名跟威風一樣，本來是很虛幻的東西。

要是不信，可隨便找出一個你向來崇拜敬佩的人，對你所作的某事讚一聲：好！跟隨便選一個你向來鄙夷的人，說同一個字，看是不是有很大的不同？

可是，你所崇仰的人，可能說的漫不經心，而你所瞧不起的人，說得由衷誠意，這句「好」在您心中的份量，是不是大可質疑？

——看來，重要的似乎不是那人的威信，而是否真心？

不過，世人未必不知這個道理，但他們還是喜歡知道一些名人的舉事、名人的舉動、名人的說法，來證實自己到底行或不行。

所以冷落了寂寞的人。

所以建立了權威。

元十三限大喝了一聲：「我變！」人人先都爲之色變。

空氣中嗞嗞有聲，絲絲發響。

因大家都知道元十三限的武功。

誰都怕他反擊。

——只要他還有反擊的餘力。

於是人人提防。

個個自保。

突然，「砰」地一聲，一人彈了起來。

這人本來臉上捱刀、雙腿燒傷、百會、咽喉各插了一針，已「死」了過去多時，但突然之間，給數道功力一纏，他的臉色迅速由白轉紅，而且頭上、喉中兩支針一齊徐徐倒後自拔而出，叮叮地落到地上。

針一離穴，這「死人」竟然轉活過來了，一彈而起，馬上想對張炭和無夢女作出攻襲，但忽然以手捂住自己的門頂和喉嚨，格格有聲，轉向神像，瞪大了眼，說不出話，狀甚痛苦。

然後雙膝一屈跪了下去。

只聽神像內的人喋喋笑道：「你們看，我一施神功他就轉活了，殺人比救人容易太多了。」

他說的道理很有道理。

——殺人比救人容易。

殺人，只是把一個人殺死便解決了。

一刀，一棍，甚至動一下手指就可以把一條性命解決掉。

可是要換救一個人的生命，實在是太難了。

何況人總愛做殺人害人的事，救人治人的，少之又少。

但他說的話不是真話。

天衣居士道：「趙晝四的致命傷是咽喉和百會二穴上的兩支針，你用『山字經』的內勁將它逼出來，又用『忍辱神功』替他續命補陽，把他救活過來。但你爲炫示神功，發勁太快，他的腹部和喉部，祛陽太速，已造成永難癒合的傷害。你爲何要急於顯示武功？其實，你的功力只能發放局部，要禦大敵，已力有未逮。你發功逼退穴針之際，老林已把『哀神指勁』收了回去，可見你已力疲心焦，顧得一處不顧得另一處了。」

天衣居士緩緩而又肯定的道：「你雖藉神像蘊合了多少年來多少善男信女的念力靈力來悟了道，但仍爲這菩薩多少歲月以來多少造化的金身所困！」

天衣居士語音一落，只聞菩薩像裡傳來轟轟發發的激盪之聲，猶如一頭怒獅困在裡面咆哮衝擊，卻不得出，連佛殿內也充滿罡風真炁，佛燈欲滅欲熄，全仗老林禪師以哀神指保住燈焰。

天衣居士搖首嘆道：「放下吧，老四，這又何苦！」

好一會，神像內的厲嘯衝擊才告平息。

又過了一會，才傳來元十三限頹頓的語音：

「我是給困住了，衝不開去。」

「其實以老四你的稟賦絕學，沒理由掙不脫的，只是你放不下而已。」

「我是無從放下……你能教我如何放下著？」

天衣居士嘆了一口氣，道：「問題是：你是否真要脫困？」

元十三限的語氣變得無盡低沉：「不能脫困，蹩在這兒，動彈不得，終練成絕世神功又有何用？」

天衣居士道：「四師弟，這困局是你咎由自取的。我從來不想對付你，三師弟也沒這意思。我們只希望你不要助紂爲虐，爲虎作倀，逼害良善，身敗名裂。」

元十三限忽道：「如果我能脫困，我可以考慮不再跟隨相爺，不再與你們作對。」

天衣居士欣然道：「如此甚好。那末，我帶來的手足們，你是否也能網開一面。」

元十三限爽快地道：「我可以下令司空等人放他們一馬，這些小子們微不足道，放了不成問題。」

天衣居士問：「你答允了？」元十三限道：「我說過的話一定算數。」

天衣居士悅然道：「老四，小鏡姑娘的事，完全是一個不幸的誤會，冤家宜解不宜結，咱們說甚麼都是同一門下的師兄弟啊。」

元十三限冷冷的道：「過去的事，誰都忘不了。你們聯手，諸葛運好，我當然不是你們對手。但我曾救過你一命，你不曾忘掉吧？」

天衣居士聽出他耿耿於懷的語氣，也只能浩嘆道：「是的，你救過我，所以，今晚我會給你回報的。你一向言而有信，我信得過你。我現在就告訴你——」

雷陣雨忽道：「我先替你解穴吧。」

天衣居士道：「不必。我還是先把破解之法說了吧——」

雷陣雨十指一揚，眼睛瞪住那神像，卻對天衣居士說話：「我看，還是先解穴的好。」

天衣居士笑道：「放心，老四決非出乎爾、反乎爾的人。」

元十三限冷然道：「看來你還是先解穴的好。」

天衣居士隨著他的語鋒道：「這便是了。我身上尙且說是有穴道受制，所以受困。你身上無處受制，又何必受困呢？若心似秋月，碧潭淸皎潔。無物堪比喻，教我如何說！」

元十三限一愣，道：「但我跟這神像已連爲一體了，怎掙得脫？」

天衣居士笑問：「爲何要掙脫？本來就無，何來之有？唯有忘身心，投佛修道，如此去做，方不需力，不費心思，脫生離死，立地成佛。」

神像內的人突然不說話了。

天衣居士繼續道：「本是一體，豈分得開？手指是分開了，但仍是連在一起的，耳朵，也分開了，但你哪隻耳朵聽到哪隻耳朵聽不到？哪隻眼睛看到了哪隻眼睛看不見？若是明眼人，照天照地，底有手腳，直下八面玲瓏，何處不自現？」

驀然，轟地一聲，神像動了。

達摩怒睜眼。

鐵虯如戟，虎目生風。

天衣居士笑道：「你既與神像息脈相連，血肉相依，已成一體。你悟了道，就成了神，不妨拋卻從前形相，重新作人吧！」

然後他吆喝道：「放下著！」

神像道：「一刀兩斷。」

天衣道：「斬除我執。」

「達摩」道：「天上地下，唯我獨尊！」然後右手指天，左手指地，繞行七步，再說一次：「天上地下，唯我獨尊！」

這下倒令天衣居士一楞，念偈持戒道：「是處即是道場。一切見功德，慈眼視眾生，福聚海無量，是故應頂禮。一心不生，萬法無咎。醒了吧？省了呢！」

達摩神像卻徐徐站起，一時間佛殿裡燈火泯滅，只聽他說：

「寒時寒殺闍梨，熱時熱殺闍梨。他朝異日，不受人瞞！」

然後發出一聲大喝。

這喝使趙畫四、張炭、無夢女全坐倒於地。

本已負傷的蔡水擇幾暈了過去。

天衣居然慘然色變。

老林和尚撫心喝罵道：「是不是？我都說先殺了他，不然，也得先解了穴！天下只本有佛心的人成佛，無聽了佛偈就成佛的！體裡有道，如笑裡有刀！該斬的人就斬，該殺的人就殺，該斬不斬該殺不殺到頭來只把不該斬殺的人斬殺！」

他祭起了「哀神指」，左手五指迸連，射出一道比真劍還要鋒銳的藍色劍氣，長達三丈，右手五指箕張，五縷柔急的指風疾拂天衣居士被封的穴道，並叱喝道：

「珍重大元三尺劍，電光影裡斬春風！」

他施的正是雷家指勁和佛門指功合一的「春風斬」！

——立斬元十三限！

——連同達摩真人形相！

卅九 警局

達摩神像突然瞪目。

九成白、一成黑的雙眼，卻發出一種暗赭色的光彩。

那幻彩在雷陣雨的指劍勁芒上約略一觸，劍芒遽退，只剩兩丈。

雷陣雨口中唸唸有詞，運勁又待再上，達摩神像擰轉身來，左手雙指叩花般輕輕一彈，一道青氣嗤地迸出！

「叮」的一聲，雷陣雨的指劍綠芒又短了一丈，而爲天衣居士解穴的五縷指風也在半空凝住不進。

雷陣雨狂吼一聲，咬齒破唇，血噴劍芒，劍芒大長，抵死急刺達摩神像。

達摩陡地大喝一聲。

這一喝，天地間交滿了力量。

青芒劍氣登時寸寸碎斷。

雷陣雨左手五指指骨迸裂。

右手指勁也完全摧散。

達摩神像緩緩轉向天衣居士。

然後定下來。

然後看著他。

然後全身徜徉著一股漠漠的霞氣。

然後說：

「我已通透『山字經』，再將『忍辱神功』附於達摩菩薩之身。我已天下無敵。」

◇◇◇

天衣居士神色灰敗。

他的神情是痛心的。

眼神是失望的。

但仍有笑容。

笑意裡帶著諷嘲。

他第一個反應是：

搖頭。

然後他說，像對著自己殺了人犯了罪屢勸不聽的兒女作最後告誡：「你已脫困。可喜。你的武功已與達摩金身合一，功力大增。可賀。但你不會天下無敵。心佛不二，即心即佛，大道無門，千差有路。雲收萬岳，月上中峰。一器水瀉一器。你無佛念，無佛心，無佛行，天下人皆是你敵，何能無敵？」

元十三限呵呵長笑：「我一喝如雷，聞者俱喪，還不是無敵？」

天衣居士反問：「何謂無敵？」

元十三限大喝一聲。

佛燈俱滅。

只見簷月。

月清明。

天衣居士又問：「何謂佛？」

元十三限指月。

月皎潔。

天衣居士一哂道：「掬水月在手，弄花香滿衣，那是無執無迷，你卻執迷不悟！你沒有修道，何來佛意！」

元十三限不甘反問：「何謂道？」

天衣道：「至道無難，唯嫌揀擇。」

元限追問：「佛在哪裡？」

天衣：「你是元限。」

元十三限當當楞在那裡。

明月高懸。

月明如燈。

天衣道：「你已入了警局，何未警醒？放下吧，屠刀。」

元十三限突然一拳擊在自己下頷上。

達摩下髯立即滲出血來。

然後他說：「我不成佛。泥佛不渡水，木佛不渡火，金佛不渡爐。我捨佛成人。」

天衣長嘆：「盡十方世界是自己光明，盡十方世界在自己光明裡，你得要神光不昧，何苦棄明投暗？」

「我呸！」元十三限忽瞋目大叱道：「我斬殺一切妄念！我是我，去你的！」

掌中祭起一道精光，直斫殺過去。

記。

雷陣雨怒吼一聲，抄起地上蔡水擇的「天火神刀」，幻起一道虹光，硬吃一

白刃相交。

火花飛迸。

兩人互喝。

叱開天地。

老林禪師連退七步。

手中刀斷。

淚流滿臉。

他接了元十三限一擊，刀斷，但卻竟在那一喝中悟了道，只覺數十年來，花開別離，雲散風雨，柳綠花紅真面目，一切生死關頭，都是白雲自在。滿眼淚光，也就是滿目青山了。

他悟了。

砍斷他刀的人卻未悟。

那是元十三限之一喝。

老林大師的斷刀。

禪宗世稱爲：「元限喝，老林斷」。

◇◇◇

元十三限還待追襲。

天衣居士喝住他：「老四，你真的要食言棄諾？」

元十三限哈哈笑道：「我在受威逼時許下之諾，不能作算。我看透了，認清了，當大俠既沒我份，我就痛痛快快的當我的魔頭去！隨機應變，虛與委蛇，此一時也，彼一時也，今晚要是我饒了你不殺，一旦你和諸葛會集上了，我還焉有生理？你們會放過我嗎？我不但要殺你，也要殺諸葛。殺諸葛的人已經動手了吧？如果已經得手，你也該死了，要是失手，你更不可活。」

這回是張炭怒道：「你答應過的事不算數，枉你還是成名的武林人物！」

元十三限嘿笑起來。由於達摩祖師的神容殊異，發出這種笑聲和做出這等作爲，更令人覺得詭異莫名。

「我說我答應過的事一定算數，現在可不是『算數』了麼？」

天衣居士沒有憤怒。

他反而有點惋惜的說：「老四，你以前可不是這樣子要賴的，怎麼現在鬧得箇這樣子，爲甚麼？值得嗎？」

元十三限獰笑道：「人是會變的。二師哥，人只要認爲他能變他會變的，他就能改變一切，能夠進步下去。我一向能變，我常對自己說：元十三限，我變！我變！我變！我能教日月換新天！敢要星移斗換，乾地坤天！我剛才只說我會考慮離開相爺和不與你們作對。我是說『考慮』，我沒有答允，是你自己一廂情願，天真幼稚，妙想天開。現在我認真的『考慮』過了：我不能放過你，更不欲離開我的大靠山，他是你們恨之入骨的人。我活著就是要令你們活得不愜意。再說，我現在也不是要跟你們作對，而是要殺了你。」

天衣居士疲倦的闔上眼睛：「反正，你要不認賬，隨便你怎麼說都可以，沒想到你初習『傷心箭』，就傷了你自己的心，現在練成了，又先傷愛你的人的心。」

元十三限也很滿足的閉上了眼：「能傷人的心，是很愉快的感覺。」

然後他湛然睜開銳目，一字一句的道：「但我豈止傷你，我還要殺你哪！」

話隨聲落，長身而起，向天衣居士撲擊過去。

張炭大喝一聲，挺身截擊。

可是趙畫四早有防備。

他雙足飛踢張炭。

他的腳本已燒傷。

傷勢不輕。

但他仍似不大願意用他的手。

——他的手是用來畫畫的。

——腳才是用以殺人的。

張炭一時闖不過去。

蔡水擇一時間掙扎不起。

無夢女這時際也不懂幫誰好。

——她是元十三限派過來的。

——但她也發現元十三限根本只當她是一顆棄子。

——而且她又殺傷了元十三限的弟子趙畫四。

——他們如獲勝利，制住大局，會放過她嗎？

她猶豫。

所以不能動手。

——不知該向誰動手。

而天衣居士仍不能動。

攔截元十三限的攻勢者，只有斷了左手五指的老林禪師雷陣雨。

他邁前一步。

全身鼓起。

臉轉色。

紫脹。

——正要發出「哀神指勁」中至大威力的一擊：「哀鴻遍野」時，只見長身掠起的元十三限雙指一拈，像拈了支針（但其實手裡甚麼也沒有），叱了一聲：

「接我『氣針』！」

四十　結局

他雙指一彈，「叮」地一聲，真是一支針。

——真有一支針。

「嗖」的一聲，那支以氣凝成無形的針，竟飛向老林大師。

有形的暗器易擋。

無形的針難防。

雷陣雨以折斷的「天火神刀」迎斬氣針。

氣針突然消失。

兀又在背後陡起。

神出鬼沒。

雷陣雨反手以刀背砸針。

針又消失。

遽又折回。

鬼神莫測。

針射雷陣雨印堂。

這次雷陣雨凝立不動。

他等「氣針」已攻入中門，離印堂才不過半尺時，他才揮刀力斬！

不是斬針。

而是斬氣。

針為氣所帶動。

沒有了氣，針就不存。

所以先斷了氣，就不怕針了。

他決意要行險一試，但首先得要等針鋒逼近。

這很危險。

也極冒險。

但對方只不過用一根無形的針，已把他逼到這樣子，如果不及早了斷，不如就死在當堂，爽快作結。

——一個人雖無權決定自己生，但卻有權決定自己死。

而一個人的一生最重要的就是使自己快樂，當然，如果也能使別人得到快樂，那就更好不過了。

雷陣雨大半生來都不快樂。

他本來野心太大。

志大最怕才疏。

志氣高昂但才能平平的人是痛苦的，因爲他想得到的偏偏得不到。

雷陣雨卻是本領大，志氣也大。

所以他不甘蟄身於長幼有序、制律森嚴、新人難以冒出頭來的江南「霹靂堂」雷家堡——雷門十分講求法度，保守循規，逐層遞升，分級管轄，跟講求年輕化只要有才華的人都可以迅速擢昇的「蜀中唐門」，風氣完全不同。

是以雷震雷另立門戶，同時也爲「霹靂堂」勢力進駐京城闢路時，就帶同了兩大好手：他和雷損前赴，不消多久但歷盡艱辛加上無盡奮鬥，終於建立了「六分半堂」。

他也好不容易才有機會展布所能。

可惜，他少年時在「霹靂堂」裡鬱鬱不得志，年輕時還投身沙場，領兵作戰，卻招嫉幾乎成了叛軍，俟人近中年才得雷震雷不次拔擢，幾經掙扎，終於在壯年時創立「六分半堂」，但旋又在內鬥中輸給了雷損——他爲了急於挽救名望，竟去挑戰「關七聖爺」，結果幾乎被關七打成了廢人。

——幸有天衣居士，悉心治好了他：但醫好這個病，也花了箇十幾年，俟恢復得七七八八，人也進入了晚年了。

雄心呢？

——賣少見少了。

壯志呢？

——消磨幾盡矣。

他一直未得志過。

——每次稍有成就、稍見成績就給打下來。

而今，他已擬青燈古佛，伴此一生了。

——一生的劇情已演了個七七八八，剩下來的結局也可以測知八九不離十了，更難有意外可言；就算意外，也肯定決非意外之喜了。

如今，他決心要做好這件事。

——保護天衣居士。

——沒有天衣居士，他早就死了，不然，早也廢了——作爲武林人，廢了不如死了。

雷家子弟都有這個烈性子。

這是他們共同的特性。

——在剛才與元十三限兵刃交擊，星火四迸，互喝相叱的一擊中，反而使他頓悟了這些年來敲木魚念佛經卻仍未悟的事情：

死中得活！

——世上一切貪慾迷情，到頭來白鷗終不染紅塵，只要可以慈悲心，無牽無礙的爲活人而不惜死戰，這氣魄足以懾蓋震碎一切繾綣迷假之情。

人在世間，不怕冒險，只怕沒有值得你去冒險的事；無懼艱任，只怕沒有甚麼事值得你去肩任的。

雷陣雨現在卻有了。

他決心要打好這一仗。

雖然他明知道結局：

——必敗無疑。

◇◇◇

元十三限本就太強，更何況他剛透悟了「傷心一箭」的最高境界，並與達摩金身合而為一——那不是人可以擊敗的了。

對付元十三限這種敵人，敗只有死。

——既然是死，就讓我好好的去活這一剎那吧！

◇◇◇

雷陣雨揮刀斫「氣針」的後勁。

這一刀，斫對了。

——氣勁一斷，「氣針」就消失於無形。

雷陣雨一招得手，馭刀飛瀉，追擲元十三限。

元十三限忽然拔出一根頭髮，用手一抹，即漾起一道青光。

他叱道：「可見『氣劍』？」

然後他的手一揮，「劍」若青龍，飛射向雷陣雨。

——一支空的氣針，已使雷陣雨疲於應付了，何況這還是有形（雖然只是一根頭髮）的「氣劍」!?

氣劍一發，元十三限已掠到了天衣居士面前，舉掌欲劈。

天衣居士緩緩闔起了雙目。

元十三限真的就一掌拍下去。

這一掌，就拍在天衣居士的天靈蓋上。

天衣居士陡地睜開雙眼。

——因為這一掌竟把他身上所封的穴道都一氣拍開了。

◇◇◇

這「結局」至少是大出雷陣雨等人的意表。

道。

第三章　我變變變……

四十一　鏢局

元十三限施重手逼退了老林和尚，並且一掌拍活了天衣居士身上受禁制的穴道。

然後，元十三限向狠狽萬分、好不容易才把那一記「氣劍」以「哀神指法」中「哀鴻遍野」一式消去的老林禪師道：「你的獨門點穴指法，在我看來，也不怎麼難解。」

之後，他問天衣居士：「如今公平了吧？」

天衣居士道：「公平。」

「你沒事吧？」

「沒事。」

「要不要先調息休歇一下？」

「不必。」

「那可以動手了吧？」

「不可以。」

元十三限似乎很意外。

「爲甚麼？現在你穴道不受封制，你們人多，我一個人，這兒又是你老友的大本營，天時地利人和，無一不在你，你沒理由不打。」

「可是我沒理由要跟你打。」

「理由？」元十三限失聲兀笑了起來，「別虛飾了。你是我的敵人。」

「我不想成爲你的敵人。我只是不贊同你的作爲。把不是你的支持者就打成你的敵人。這是很不智的。」

「誰叫我有力量做不智的事；」元十三限說：「世上不是只聰明人才會成功的；許多聰明人之所以會失敗，是因爲他不肯做笨而該做的事。」

「我們之間的相鬥是笨而不該做的事。」

「你重入江湖豈不是爲了支援我的宿敵諸葛小花的嗎？」

「我支持他對付正傷天害理、只圖私利的蔡京黨人，不是對付你。」

「但蔡相爺支持我。」

「請棄暗就明。」

「難道去爲昏君賣命？」

「宜改邪歸正，爲萬民福祉，以清君側。」

「我支持蔡京。」

「那也隨你。我們之間，不一定要互相殘殺！」

「你支持與我敵對的勢力，就不是我的朋友，不是我的朋友就是我的敵人。」

「這樣，你會沒有甚麼朋友，但會有很多敵人的。」

「可是，凡是相爺的支持者都成了我的支持力量，誰說我沒有朋友！」

「可惜。」

「可惜甚麼？」

「師弟大好身手，神功蓋世，但對世間俗名惡利，虛權浮勢，卻如此勘不破。」

「你幾歲了？」

天衣居士給問得一怔，元十三限即道：「要是我只二、三十歲，沒問題，無成就，我可以等。如果我還四、五十歲，沒關係，不成功，我能夠忍。但我現在已不行了，我不能來人間白跑這一趟，虛擲這些光陰，死時甚麼也不留下。」

「但你助紂爲虐，爲虎作倀，到頭來只怕留下的只是惡名，遺臭萬年。」

「我不在乎好名惡名，就算遺臭萬年，也總比默默無聞的好。你看歷史上的惡人暴君，翻手風雲覆手雨，不管拯救百姓、還是殘害萬民，他還是掌握了天下蒼生的命運，以一人左右萬千人的生殺大權，這才是人生在世第一快事。再說，你們唾棄蔡相所作所爲，但在我看來，他才是大智大慧。荊公一黨，只顧改革，不知民怨已深，民忿已熾，只解決得了國家的前途卻塡不飽百姓的肚子；到頭來也只有把國家社稷都賠了進去。溫公餘黨則一味只知抱殘守闕，腐迂不堪，好夸談仁義儒學，但私嗜內鬥伐異，國家爲甚麼會積弱？就是弱在這些空言泛泛、光說不練的儒生手裡！交給武將，至少可以開土拓疆，南征北伐，縱不能馬上治天下，但也可以馬上取天下。交給商賈，至少可以創業興邦，富庶繁榮，就算不見得光以財富就能穩住天下，但至少可以利祿收買民心。交給這些無識見又庸碌膚淺的士大夫，縱有見識也非保守固執便自負好功的讀書人，不切實際，一味浮誇，妄圖以學識自囚囚人，不但害了自己一生，白首空幃，往往也誤了國家前程。支持他們？我不如支持蔡京。相爺至少識進退，知行止。皇帝不長進，他要甚麼，就給他甚麼，一面穩住外敵入侵，一面發兵平亂，這有甚麼不好？人對他好，他就對人好，他是最照顧自己人的了，遺臭還是留芳，這是時勢造成的，誰也說不準、料不定的。誰說歷史一定會站在你們那邊？」

「我是武林人，我這押的注就像是鏢局一樣：這鏢我既然已經接了，我就能扛下來了，無論多重的擔子，我都得承擔。」元十三限很少說那末長的話，可是他這番話說得十分流暢，彷彿每個字都是從他身體裡每一個部份所組成的，對他而言，自是熟悉無比，「我這趟鏢是走定了的，也押定了的。誰要來阻擋我的，都是我的敵人，也就是劫我鏢的人——你想，我這鏢行局主，會讓你們得逞嗎？」

然後他瞇著眼審視天衣居士，「你不是答允過我：不出江湖的嗎？你既已毀諾，我殺你也理所當然。但我還是說過的算話，拍活了你的穴道，給你一拚的機會，這已夠公平了吧？」

天衣居士道：「弱肉強食，物競天擇，沒甚麼不公平的，但是非自在人心。無論你怎麼巧過飾非，助紂爲虐，只爲一己之私，只圖自身之利，還是瞞不過天下人耳目的。蔡京爲逞私慾，勾結外敵，屠殺異己，採辦花石，塗炭生靈，這是人所共知，也人神公憤。他說民怨民憤是亂黨盜賊黑手遮天所造成的，其實流寇盜匪是他隻手遮天矇上欺下而造成的。諸葛爲的不是支持昏君，而是儘量以朝廷官臣的力量，約制天子的放縱，勸使其能爲萬民牟福利，拒外賊保疆土，這非爲謀個人之晉身也，亦人所深悉。其實不管黑手白手，能使國家興旺發達的就是好手。你押的這一趟鏢，本是你自家的事，但如果押的是賊贓毒物，我們也能閉目不理嗎？是，我本不出江湖，但這一趟，我是抱必死之心來阻止你。四師弟，你收手吧！我們每個人活在世上，未必都能稱心如意，但絕不可以爲了教自己如意稱心，來使許許多多的人都不稱心不如意。自己做了甚麼事，首先得要在良知上講得過去；自己良心上都過不去，那就說甚麼都是假的。轟轟烈烈過一生，不如快快樂樂過一世。大丈夫，與其驚天動地，莫如頂天立地。琴爲知音斷，馬爲明主馳。你爲心若豺狼的蔡京賣掉大好身手，值得嗎？」

元十三限懊惱了起來：「我只知道我要打倒諸葛小花！」

天衣居士緊迫問了一句：「爲甚麼!?」

「因爲他一直處處都勝於我。」

「你妒嫉他？」

「我恨他。」

「你這樣做豈不是爲了對抗神而淪爲魔？」

「我不管神魔，我只要打倒他。」

「無論要打擊誰，都不値得爲了向對方報復而出賣了自己。」

「我也是你師弟，他也是你師弟，可是你卻先出賣了我！」

「他對你錯。我不是要對付你，但我支持他：因爲你做錯。」

「人生在世，總不能老選對的事情做。多少人在開始的時候，人人都以爲他做錯，其實他只在做別人不敢做的事而已。」

「回頭是岸。」

「我身後已沒有了岸。」

「但身前有。」

「咄！」元十三限兀地一聲暴喝：「我把你擒住了就可以把諸葛正我這僞君子引出來，我殺了你就可以大挫你們這干逆賊的氣焰，你就是我的岸！」

說罷，他只虎虎的說了一句：

「動手吧！」

只見偌大的一尊達摩神像，揮動了獅般的拳頭！

四十二 郵局

眼看元十三限就要動手，天衣居士兀然叱道：「大指空。頭指風。中指火。無名水。小指地。」

元十三限一怔。

這是「山字經」裡的一些淺白的經文，可是因爲元十三限所習的卻是倒錯的，雖然到最後仍然給他通悟了「山字經」的無上境界，但由於他所學的途徑大異，故而乍聽這五指訣法，大爲震訝。

天衣居士身法如魅，迅疾遊動間大殿燭火依然不晃不閃，然而卻把老林禪師、蔡水擇、張炭、無夢女連同趙畫四都掃蕩出殿外去。

天衣居士依然長吟：

「禪慧輪智識。精定蓋力行。忍念光願想。戒進高方受。檀信勝慧色。瓜在事瓜往私瓜事石瓜。慧信勝檀色。方進高戒受。願念光忍想。力定蓋精行。智慧輪禪識。……」

這原只是十指異名。「山字經」本是一種由外而內的修爲法徑，但元十三限所得抄本，則是句式顛倒，內容倒錯，雖仍給他另自破悟出別有天地，但這回乍聽原句，也一時爲之愣然。

這時，天衣居士已迅快無倫的搬動佛殿內的羅漢像。

佛殿內本有十八尊羅漢，碎了兩尊，另有四大天王像，本還有兩座菩薩，但一已隨著天衣居士現身而碎成片片，另一則與元十三限結合，成了神魔之間的「人」。

這剩下的二十座神像，只不過稍經轉移變局，佛燈便立即黯淡了下來，連像老林禪師這麼熟悉這佛寺地形的高手，還有像趙畫四眼力警覺那麼高的好手，竟然都不大看得清楚在佛殿內的情狀。

——那只不過是搬移了幾尊泥塑的神像，局面立時有了這麼巨大的變異！

蔡水擇因爲傷重，以爲是自己視覺已模糊，於是勉力張望不已，張炭怕他心懼，連忙據他所知而作解：

「我也一樣看不清楚。我想，這可能是居士在施『大曼荼羅法陣』。據說，世間每一事、每一物俱有它所定位，亦有其主神，所以有些種子在這土壤能成長，在彼土壤可茁壯，但在其他土壤則必枯死，或長爲異物。又有些人在某地鬱鬱難伸，不得其志，某些所在則頭暈眼花，嘔吐不止。但在某地即能心曠神怡，盡展所長。

究山河，草木、國土、器具、音聲、言語，既有情亦非有情，只要定其所位，就能融會相離，纖妙宏偉，各展其無邊威力。看來，居士所用的正是此法。」

蔡水擇聞言急道：「你既知法，爲何不去襄助居士臂力？」

張炭苦笑道：「我只知法，但沒有功力破法，連入其法也不得其法，只怕助居士不成，反害了居士。」

說到這兒，忽爾聽得一聲長噫，彷似從天衣傳來。

老林和尚臉色一變，急掠而出，已出了寺門，抬頭一看，長空飛簷，只一輪清月，哪有誰人？

◇◇◇

這邊廂老林和尚只聞太息，卻啥見不著。

那邊廂元十三限卻見著了自己、不是自己、還有郵局。

◇◇◇

「郵局」是一個地名——元十三限出生地的名字。

元十三限的出生地很奇特：因爲在那兒沒有人睡覺。

在那兒，不知爲了甚麼，沒有人能睡得著。

這獨特的習慣，早在元十三限降生之前三十九年已發生了：據說有這麼一個夜晚，在「郵局」的人，人人都夢見收到一封給人拆開了的信，上面寫著「無夢」兩個字；之後，大家不但就沒有夢了，甚至連睡眠都沒有了。就像是著了一場厲害的詛咒。

元十三限在童年時最令人驚異和最堅忍的突破就是：

他設法入睡。

他不接受沒有睡眠的風俗，他千方百計入睡。

皇天不負苦心人，他終於能入眠了。

但不是在晚上。

而是在白天。

從此他習慣了白天入睡。

晚上他醒來。

多年來都如是。

沒變。

不變。

郵局的人因爲不睡覺已成習慣了，所以把他當作異類。

在那個荒僻但人口眾多的山村裡，人亙常一個接一個的排隊在一條十字大道上，等太陽轉紅或轉藍，月亮轉黃或轉白；白的大家就工作，黃的大家便吃飯，紅的可以行走，藍的就要停止一切活動。誰也不知道爲甚麼要根據這些顏色來起居飲食，甚至也不明白爲何這兒的月亮太陽會轉紅變白。

那兒的人不知怎的，喜歡吃狗肉。

鎮裡的人愛養貓、養豬、養牛甚至養蜥蜴和蟾蜍，可就是沒養狗。

那兒的人不知怎麼的，不養狗，只愛吃狗肉。

元十三限從小就在懷疑：狗是從哪裡來的呢？

他曾花了很多時間去找狗。

他每次出發去找狗，身後就會飛翔著許多蜻蜓，跟著他走。

他去到哪兒，蜻蜓就跟到哪兒，除了過橋的時候。

本來，到了晚上，蜻蜓就很少出來迂迴飛翔，但對他卻是例外。

他不睡覺，蜻蜓也不眠不休了。

——但只有他在找狗的時候，蜻蜓才會跟著他繞飛。

不過他一直找不到犬隻，爲了不滿自己的失敗，他罰自己只吃書。

一本本書的吃了下去。

直至有一天，他突然找到了一面鏡子。

鏡子是夾在一頁書裡。

——書名叫「山字經」。

他大吃一驚。

鏡子好清晰：

那是一面小小的鏡子。

小圓鏡。

他好像看到了鏡中有熟悉的影子。

他發現那倩影裡有自己。

他想叫住他（還是她？）。

可是叫不住。

這時候，鏡面如水面起了漣漪。

鏡再次清晰到了清澈的程度之時，鏡裡就出現了一隻狗。

狗伸出了紫色細長而開叉的舌頭，正對他笑，尾巴居然還開著一朵花。

小花。

這時際，他的感覺就似村民一樣：他憤怒極了。

他想殺了她。

（我要吃了牠！）

當他生起這種感覺的時候，鏡裡已沒有了狗，只有自己。

一個白髮蒼蒼，看去至少有七十八歲的自己！

於是他馬上警省：

（不對呀！

我是在郵局鎮長大的。

可是我似乎沒有長大。

因為失去了中間的過程。

我只有年少和極老的階段。

缺少了從少到老的歷程！）

然後他大喝一聲：

他右手指天，左手指地，繞行七步，大叱：「天上地下，唯我獨尊！」並大喝一聲：「破！」

局面轟然破去。

那當然是幻。

但在幻中的感覺卻是真的。

在夢裡，沒有時間的順序。

夢也有關鍵，就像人有要害。

元十三限從夢的這一關鍵裡頓悟：

然後破解——

因而破除了天衣居士向他以二十尊神像法力合聚施爲的：

「大曼荼羅法陣」。

——這陣法先把敵人過去的事，轉移入現在的時空裡。實虛幻滅之間交替堆疊，然後把人的神志納入夢中之夢裡，疑真疑幻，無法自拔，除非施法者開陣，否則永固陣中，痴見慢疑，蓋障之昧，永墮煩惱虛華裡。

但元十三限竟憑著絕世神功，「山字經」逆行而修，以成不著染淨，不驚善惡，作五逆而忽入真如，起大欲而下得法身，並以「忍辱神功」的修爲，驚破幻局，那是一種：生不在來，生不在去，生不在現，生不在成，生是全機現，死是全機現的境地，天衣居士以佛尊佈陣的法力，也奈不了他何。

破了陣的他，立即反攻。

天衣居士忽然感覺到對方的攻勢。

不僅是手的攻襲。

不止是腳的攻擊。

還有眉毛、眼神、鼻息……五官的發勁，甚至還有毛孔和五臟的內勁，排山倒海一波接一波的攻到……

就元十三限而言，身體髮膚任一處，都是武器。

對天衣居士來說，他沒有能力抵擋。

所以他自己並不抵擋。

他用四大天王爲他抵擋。

還有十六尊羅漢。

羅漢和天王，成了一種至大至剛的法力。
這力量卻來自至陰至柔的微力所推動。
因爲天衣居士本身沒有功力。
他只能借助他人、他物之力。
正如月亮不發光。
發光的是太陽。
但月亮依然影響著蒼穹大地、潮汐漲落，仍然照亮天心人心、曉風柳岸。

四十三　當局

世上有一種力量，有時候你見過，有時候你聽過，有時候甚至你也曾擁有過，但多半都不知道那是甚麼樣的一種力量。

有一種人，他不曾學過內功，但他卻有辦法憑念力即把隔空的院子裡桃樹上的一顆桃子擷落下地來。

有時候你也有這種力量：你也許曾在某種場合和氛圍下感覺到有甚麼事情將會發生——果然它是發生了。

就算你沒有這種力量，但你必定也常希望能擁有這樣子的力量，否則，你根本就不必拜神祈願，禱求上蒼神明，能替你消災解禍，使你心想事成。

這種力量，常常無法把握，但我們又確切希望它能存在。彷彿，這種力量只有冥冥中的神靈才能擁有，但有時候又會偶爾顯現在凡人身上。

天衣居士當然不是神明，但他無疑能掌持了這類神秘力量的部份關鍵：就像你如果懂得如何收集陽光的熱力，就能以其焚物、或使種子生長一樣；又如你知道怎樣生火引火，便可以火爲極具殺傷力的武器，又或以火炊食——火就成了人的力量之一部份：雖然偶而在失控的情形它也會對人類作出猛烈的反撲。

天衣居士掌握了這種神秘的力量：他就像擁有一把開鑰之匙——但他本身不是鎖，也不是鑰，也只是能有這開解之謎的契機。一如懂得收集陽光、知道如何點火一樣。這成了一種能破壞能建設的力量，但他本身並不是火和陽光。

天衣居士是個內力甚弱的人。

甚至可以說他幾乎完全沒有內力。

——以他本身的力量，根本不適合與任何人比拚。

所以他得要藉助別人（神）的力量。

——且不管有沒有「神」的存在，但「神」是確實有力量的。

因爲若你深信有「神」的時候，就會有一種莫大的力量，抵受極可怕的煎熬，承受極艱巨的重任，當負面發生影響的時候，你也會焦慮不安的等待神秘制裁力量的「報應」，甚至預知自己的「悲慘下場」。

天衣居士以「神」的威力來使人先感到「神」的存在。

神，是有力量的。

——祂現在就正施展祂的感力，對付他的敵人！

通常，一般的人會拿武器爲武器，至多，會以手腳乃至於牙齒爲兵器。

像元十三限這種在眼、眉、鼻、耳、口、面部能祭起殺傷力，甚至能以肝、胃、肺、心、腎的元氣攻襲對手，他全身都變成了武器。加上他的形象已跟達摩尊者連成一體，天衣居士幾乎完全找不到下手反擊的餘地。

他不能。

神能。

——四大天王能。

所以這一場戰役就像四大天王加上十六羅漢力鬥達摩尊者，殺得天昏地暗，日月無光。

這時，外面有一隻蟬，不知爲了甚麼，淒切的長鳴了起來。

元十三限實則已墜入了天衣居士的陣中。

天衣居士在任何時候，任何地方均能藉他所能運用的當時當地的人事物件以佈陣。

那兩丈來闊的大殿，對元十三限而言，就像是千重山、萬里路一樣，無論他如何飛躍縱馳，都闖不開去。

越到這時候，他就越定。

他身上的臭味也就越濃。

他全身已凝聚了「忍辱神功」。

他反而不急著外闖。

他在等待對手的襲擊。

但對方只困住了他，並不攻擊。

他不怕攻擊。

他只怕沒人向他攻擊。

他忍。

他等。

他把五官和五臟的殺力都收束了回來。

他將散出去的力量重新凝聚起來，成爲一種新的、穩的、定的力量。那就像一支箭在拉滿的弩上，又似水已溢滿但仍不斷的注入，已到了無法下缺堤崩決的地步。

這種力量，妙在不是他自己發揮，而是使對方不得不發。就像是急流於上，而元十三限自身成了潭水，隨時可以承接對方一瀉直下的奔瀉。

如果以「箭在弩上，不得不發」來作說明，那就似是箭是他的，但弩是別人的。

也就是說，他利用了別人的力氣。

天衣居士所佈下靜止的陣勢本能因應敵方的「動」而發動，但元十三限不動如山且摧動了天衣居士佈陣的活樞，使這「隨求大法」已不得不發。天衣居士的佈陣只在敵人發動之時發揮困敵殺敵的作用。

可是元十三限現在沒有發動。

他卻摧發了圍困他的陣勢。

這一刹間，八心、三劫、十地、六無畏、十喻的教相全撲罩向元十三限。

這一瞬間，元十三限要對抗的不僅是實相和實力，也要同時對付幻、陽焰、夢、影、乾闥婆城、響、水中月、浮泡、虛空花、旋火輪這些虛物虛力，還有類似善無畏、身無畏、無我無畏、法無畏、法無我無畏、一切法自性平等無畏這等無畏之力。

元十三限凝立不動。

他橫杖怒視。

一切無有之敵盡皆幻滅、粉碎。

（當年，夏侯四十一雙手舉著鋒利無比的快劍，自上空一斬而下——他要一劍把敵人斬爲兩半。

元十三限卻橫仗封架。

他手上只是一根木頭枴杖。

那一劍斬下，是夏侯四十一橫行江湖四十八年所向披靡的一劍，不但斬立斷，也斬立決。

但杖沒有斷。

斷的是夏侯四十一的生命。

斬了那一劍之後的夏侯四十一，忽然喪命。

死了。

原來那一斬反而把元十三限注在杖上的內勁全都引發了出來。

這就是當年元十三限與夏侯四十一戰決生死的情形。）

元十三限猶歷歷在目。

而今卻又重演了一次。

在他眼前。

——四大天王的無比威力給提早引發，而且因將力量擊聚一無生命之物上，勁道回挫，四大天王給自己的神力量擊殺得灰飛煙滅！

一如無論是誰有莫大的力氣，你一掌擊在土地上的結果，至多只是自己掌痛手傷，但沒有辦法傷害得了浩渺宏厚的大地。

粉碎了四大天王的元十三限，這時候才揮杖反攻。

只攻一招。

這一招卻涵蓋了四式。

起。

承。

轉。

合。

——起、承、轉、合。

蘊釀出招前便是「起」，發招時是「承」，出襲便「轉」，收招爲「合」，起承轉合，配合巧妙，渾然天成。

這看來只一招，但卻是他莫大功力，數十年修爲之所在，這一招足可抵千軍、敵千軍、殺千軍。

但這一招看去卻平平無奇，只起、承、轉、合而已。

這一招也真的叫「起承轉合」。

——對元十三限而言，他的招式甫「起」之時，也就是敵人必將盡喪於接下來的承、轉、合、之際。

——對元十三限的敵手而言，只怕都只能看得見他的「起」式，永遠沒有機會目睹他的「合」式了。

因爲「合」已是收稍。

殺敵早在收招之前。

可是問題就出在這裡。

這一招是循規蹈矩、按步就班：先起，繼承，後轉，終合。

但天衣居士卻突然運用了一種力量：

一種神秘得神奇的力量：

他使時間倒錯！

例如：一個人從兒童到少年，少年到青年，青年到中年，中年到壯年，壯年到老年，那是正常的、合理的、實不為奇的。

可是，如果一個人忽然從青年轉至兒童，童稺便到老年，老年時忽又回到少年，那就很不正常、不合理、不可謂不奇了。

元十三限這一招就成了這樣子。

本來是先蓄力，而後展動身形，之後出招發力，才收勢回式，但這秩序已完全顛倒了，變成先出招，再收式，然後又動手發力，本來無瑕可襲的招式，卻成了顛倒錯亂、破碇百出的敗著！

——試問起、承、轉、合要是成了轉、承、合、起，那還有甚麼章法可言？

元十三限也不明白為甚麼會這樣子。

但他變招極快。

他馬上又殺出一記：

陰晴圓缺。

——他以悲、歡、離、合四種心態打出這四招。

他本擬用這四招來化解自己前面的四式敗著。

但這四招也一樣給「兜亂」了。

——那不知怎麼樣的一股「異力」，竟把他本以「合」之力來使「圓」之訣、「離」之力來施「缺」之訣，成了以「離」之力來使「圓」之訣，而以「合」之力來施「缺」之訣。

這成了牛頭不對馬嘴。

對不上勁。

——力量互相對消。

對消之後的力量，反噬元十三限！

在這一戰裡，天衣居士只用了一個要訣：

他縱控了時間。

時間是一種力量。

他倒錯了時序，就等於使元十三限一身絕技全成了他自己的致命傷。

◇◇◇

天衣居士其實不是控制了時間：

時間不是人可以控制的。

但他控制了敵人的心神：

——敵人對時間失控。

一旦對時序失控，一切的步驟便得亂了，而敵人並不清楚是因爲自己的心神受對方所制之故。

這叫「當局者迷」。

這時候，元十三限便是「當局」。

使其迷惑的是天衣居士。

他自知武功莫如對方。

但他有的是奇門雜學。

這便是他的一門絕藝：

——操縱敵手的時序感！

人是活在時間裡的，要是你控制了他的一切時間，那簡直等於完全控制了他整個人。

四十四　終局

局已伏下。

——要活，就得破局。

陣已佈下。

——要勝，就得闖陣。

◇◇◇◇◇◇

元十三限終於使出了他看家本領。

他拔箭。

上弩。

在失去時序的亂局裡，畢竟還有一件他可以用作依憑的是：

那就是蟬聲。

寒蟬淒切。

對新月晚，風靜不歇。

他以蟬聲作爲他生命之軸，摸索出一切周邊的弧度與闊度，搭箭長吟：

「傷心之箭，一箭穿心。」

這一箭應聲而出。

◇

這時候，天衣居士因爲知道要面對這頭號大敵的殺手鐧，所以正運聚「失空護摩大法」，全力全神、全面全盤、全心全意控制敵手的神志。

他的意志力必須要先得強過對方的意志，才能控制對方的意志。

——也許在武功上，他不是對方的對手，他要用強大的意志力，就能戰勝對手。

他知道對方正要發出「傷心一箭」！

他要全面對抗這種箭法。

——這種專傷人心的箭法。

他全力以赴的運施「失空護摩大法」，這控制神志的力量不止於在敵手身上，還在敵手的兵器上。

也就是說：他要控制敵人的神志，也要控制敵人兵器的神志。

——兵器也有神志麼？

有的。

正如毛筆在書法家手裡，刀斧在雕刻家手裡，麵粉在拉麵師手裡一樣，你能使出它的神采來，你就是它的神。

◇◇◇

元十三限終於射出了他的箭。

傷心小箭。

他解弩、拔箭、拉弦、搭矢、放射——

可是時序依然倒錯。

他發射的步驟完全倒亂：

搭箭然後才解弩，搭矢時還沒拉弩，這一來，這一箭豈不效果盡失——正如一個人要先登梯才能上樓，要不然無原無故的上了樓，也不知自己怎麼樣上來的、爲甚麼上來的、上來到底是要幹甚麼的了。

這樣的一箭，失去了目的。

沒有目的的箭，只是亂矢。

亂矢沒有力量。

沒有方向。

但元十三限的箭不是。

他有方向。

有目的。

他是有的放矢。

◇◇◇◇◇◇◇

他這一箭，射出老林寺。

射到寺外。

簷上。

哎呀一聲，命中，一人翻落下來。

天衣居士臉色慘變，神志駭散，章法全亂，陣法自破。

◇◇◇

這一箭要是射向天衣居士，他縱不能懾住箭手的心魄也可鎭住箭矢的英魂，要破去這一箭，天衣居士仍可辦得到。

不難。

這些年來，以他的聰明才智，既出江湖，也已想好破解元十三限神箭之法。

不過這一箭卻不是射向他。

而是射向寺外。

所以這一箭已不受陣內的時序所限止。

一人應聲而倒。

天衣居士聞聲即聽出了：

那是他朝思暮想、念念在茲、無時或忘、刻骨銘心的：

織女。

◇◇◇

織女中箭。

落下。

天衣居士一掠身、一把抱住了她。

燭火晃漾。

織女一張老臉佈滿了海衣般的皺紋。

織女別過臉去，她不想讓天衣居士看見她的臉。

她胸上栽了一箭。

心已中箭。

天衣居士第一句就問：

「妳爲甚麼要來？」

織女沒有回答。

她擷下她的髮簪。

——那是當年他送給她的簪。

髮簪上刻了兩行字。

是當年的他刻上去的。

刻下去之後才送給當年的她。

「海上生明月，

天涯共此時」

這一刻已不用言語。

天衣居士都明白了。

——他是愛她的。

——她也是愛他的。

所以他有難，她就來了。

可是她卻中了元十三限的箭。

——這一箭，傷了織女，也傷盡了天衣居士的心。

一個女子只要她愛上一個人，縱使她再恨這個人，她也仍是愛這個人的。

天衣居士進入京城支援諸葛先生的事，天下皆知。

元十三限截擊天衣居士的事，也人所共知。

「神針婆婆」門人眾多，沒有理由會不知道。

所以織女親來助天衣居士。

——想不到她還沒出手，已著了元十三限的一箭，還誤破了天衣居士佈下的陣！

◇◇◇

天衣居士猛抬頭，向元十三限道：

「你好狠——」

「我們是敵人；」元十三限借來達摩的臉，看不出忠奸，只見癲態狂意，「敵人應以一切手段打擊敵人，我知道織女還有諸葛小花這幫人，一旦得悉你有難都會趕來助你，我射殺他們任何一個，便足可傷透你的心，傷心的敵人便佈不了傷我元十三限的陣！」

天衣居士的鬍子忽爾紛紛落了下來。

——也不知是傷心使他如此，還是憤恨使他這樣？

「你可以殺了我，但放了他們嗎？」天衣居士下了決心似的問，「你放了織女，還有他們，我任由你動手。」

「這已是終局了。」元十三限冷峻地道，「已取得勝利的人從不在終局時談判，何況，你既已與我一戰，這兒看到我放箭的人，我一個也不放過。」

天衣居士忽俯首緊握織女的手說：「其實，我沒有做過對不起妳的事。」

織女流淚。

晶瑩的淚滑過的再也不是絲緞般的臉孔。

而是皺和紋交織的臉龐。

「我知道。」

她說。

「可是妳以前卻避不見我。」

「因爲我誤會了你。」

「但妳現在又怎麼知道我沒有對不起過妳？」

「因爲你剛才說了，」織女也握住天衣居士的手，「而且我一看見你，就沒有懷疑，沒有了恨意，就相信你了。」

「中了心口的箭，還疼嗎？」天衣居士痛苦得像在代她痛楚，專注地道，「沒想到我們的終局，到頭來還是和好如初。妳要活下去，好嗎？」

這句話，本來似沒有必要問。

可是天衣居士卻問了，而且還在徵詢織女的同意。

織女握緊了他的手，搖頭。

天衣居士滿目深情的，搖首。

織女終於點頭。

一點頭，她的淚，也滑落下來，沾濕了他的虎口。

他緊緊的握住她的手，點頭。

他們兩人像交換了甚麼訊息。

只有他們兩心才有的默契。

蟬聲又起。

其聲淒厲。

元十三限突然有點心煩意燥，催問：「你們有完沒完？」

「都快終局了，」天衣居士閒定的道，「你還是那末性急。」

這時候，外面不止傳來蟬聲，還有狗嗥。

是狗嗥，不是狼。

像一頭寂寞的狗，對著寂寞的蒼穹，還有寂寞的皓月，做牠的寂寞長嗥。

四十五　局

一聽到狗嗥之聲，這回輪到元十三限的臉色陡變。

這使他想起他的家鄉：

那其實只是個沒有夢但不是沒有睡眠的地方。這卻使他自己也有一種錯覺以為自己出生在一個失去了睡眠的所在，是因為天衣居士正施「隨求大法」影響了他的神智之故。他的神智一旦轉弱，就會感覺到自己因長期沒睡而倦乏了，以致心無鬥志，天衣居士就是要他這樣不戰而沮。不過，元十三限的「忍辱神功」能忍大艱大難大辛大苦，天衣居士的法力並不能使他不戰而屈。不過，就算是施展「隨求大法」，也得有所依據：元十三限的家鄉確在「郵局」、那是一個沒有夢的地方——不管在現實生活還是睡眠裡，那兒的人都腳踏實地，不做夢，也不知道有夢。

只有元十三限是例外。

他有高壯的志氣。

遙遠的夢。

他要成為武林第一人。

——其實，他自負有才，要成爲武林第一人後再成爲翰林第一人，之後或許還要成爲天下第一人……

有輝煌堂皇的夢，才有堂皇輝煌的收穫。

但他的夢太輝煌了。

所以他現在還沒有達成他的夢。

——沒達成第一個願望，那就休提第二、三、四個願望了。

願望往往就像梯階一樣，跨不上第一級，也就登不了第二級，要是跳級，一旦摔下了，不死也只剩半條命。

說來，元十三限所欠缺的，不是才氣才力，而是反省的能力：要是他把第一個願望變成了武林中第一流的高手，他一早就是了，早就達到了，而且還成爲頂尖裡的頂尖，高手中的高手，簡直可以喜出望外了。

知足常樂。

知不足才求進——但切勿老是不知足：這只害苦了自己。

但是，在元十三限家鄉裡確沒有養狗，但吃的都是狗肉；在元十三限的尋覓裡，也沒有收穫，因爲當時年紀小的他，並沒有找到任何一條狗。

有貓。

有豬。

有牛。

什麼都有，連猴猻、玉蟾都有，但就是沒有一頭活著的狗。

——找狗，對元十三限而言，是他童稚時的第一場（次）失敗。

之後，他就一直有失敗。

遇上失敗。

這時際，正當他就可殺卻這兩個強敵之際，忽然，傳來了狗吠的聲音。

——來的是人，不是狗。

只是身法掠起一種急嘯。

在他聽來，卻似犬隻嗥月。

這聲音不但深深的刺激著他，也深深的打擊了他。

——這敵人竟在出現之前，已一擊中的打在他的要害上。

來的是誰？

誰可如此？

嗥聲仍遠。

遠得失去了距離，所以也似極近。

發出這奇異聲波的人，一定是想憑這嘯聲傳達些什麼、通知些什麼、阻止些什麼，所以人未到，嗥聲先到。

它可遠可近。

也不知遠近。

但天衣居士和神針婆婆，相顧一眼，各自有了喜容。

「他來了！」

「收手吧，四師弟！」

「他來了就更好！我先殺你們，等他來了，連他一併殺了！別以爲他來了就可以改變這一切！」

然後元十三限就動手。

這時他的形貌是瘋狂的。

一個瘋狂了的達摩。

一個瘋狂了的人已夠令人駭怕。
更何況是瘋狂了的神。

◇ ◇

垂死的神針婆婆卻突然彈了起來。
她手上有一支小小的針。
但這一口針卻發出了風雷之聲。
風聲雷聲針聲聲聲刺耳。
她迎向元十三限。
刺向元十三限。
殺向元十三限，以她的「密刺亂雨繡」、「風起雲湧刺」、「潑墨一葦織」、「寫意粗石針」，截擊元十三限。

她不是要殺元十三限。

（因爲元十三限已幾乎是一個「殺不死」的人了。）

她只是要阻他一阻。

天衣居士這時正在做一件事。

他碰牆。

他以手、腳、頭、身體任何部位去碰觸寺牆。

他似乎並沒有用很大的力氣。

元十三限好像很畏忌這個。

他正全力阻止天衣居士碰牆的行動。

神針婆婆卻出手阻止他的阻止。

這片刻間，各人所見殊異：

張炭所見：

他看見的是一場三人的格鬥。

天衣居士一直在閃躲。

可是從來沒有這樣子的閃躲。

因爲他的閃躲就是攻擊。

神針婆婆反而是在防守。

顯然她看來是攻勢最凌厲。

其實她沒有出擊。

她的出襲都是在替天衣居士防守。

至於元十三限，張炭親眼看到他竟化作兩個人：一個是原來肉身的元十三限，一個是達摩金身的元十三限，分頭去攻襲阻截天衣居士和神針婆婆。

●張炭是這樣看到的。

可是受傷頗重的蔡水擇是這樣看到的：

天衣居士飛來飛去。

神針婆婆成了一支針。

元十三限變成十幾個人。

●受傷奇重的蔡水擇，要仔細辨別得出這數大高手之間的交手，已力有未逮。

不過比較清醒旁觀的無夢女是這樣看的：

元十三限是佔盡了上風。

可是天衣居士和神針婆婆卻很齊心。

元十三限對織女的針還是很有點忌諱。

而他最恐懼的恐怕還是天衣居士的佈陣。

天衣居士的古怪行動顯然是在佈陣。

在佈一種極其古怪的陣。

元十三限一定要去阻截這一陣。

她忽然感覺到自己處境尷尬：

今晚無論哪一方贏了，對自己的情形都不見得有利。

她覺得自己應該要離開這戰團。

——雖然她不想錯過這恐怕七世三生都修不來的一場大決戰！

●無夢女在觀戰的時候，為自己這樣盤算。

但受傷更重的趙畫四卻只看到：

神衣十元士居天婆
天針居三神限婆衣
元衣婆神限針天三
十限士婆三元衣天

所有的人物都錯亂了、分裂了、面目模糊且分不清楚，就像他趙畫四自己那張臉一樣。

老林禪師所看到的卻是：

其實一切打鬥都是假的。老林寺快要倒塌倒是真的。天衣居士那東撞一下、西碰一記，每一次都撞在這寺的死角處，所用的不是巨力，而是一種巧勁，使得這寺快要倒下了。織女的風雷神針全力旨在遮掩這點。元十三限發動攻勢也意在救這一座將要倒塌的寺。天衣居士這樣做定必有深意，而且定必是迫不得已。

●可是老和尚還是不忍心眼睜睜的看這座寺倒塌在他身前。

天衣居士卻在此時，不知哪來的元氣，對他們大喝了一聲：

「走！」

◇◇◇

不過老林大師、蔡水擇和張炭都不想走。

——雖然他們也自知在這種頂級大戰裡只怕也幫不上什麼忙。

但他們仍想幫忙。

仍要幫忙。

世上有一種人，只要一旦知曉朋友有事、有難，他就算幫不了手，但也絕不願只顧自身安危，撇下朋友不理。另一種人則恰好相反：朋友遇禍，他只怕沾上了身，走避不迭，走前還要倒打一耙，把責任推個精光，把罪咎全推給對方，反過來惡人先告狀，搖身一變，從同生共死成了正義凜然、大義滅親。

所以「俠」、「盜」二字，有時在江湖上是頗難分類的。

俠是幫人的，盜是害人的——但在這世上，常常發生著竊取、劫取、盜取他人金錢、財物、名譽、地位、權力、情感的事，而且還裝成受欺凌者或替天行道的腳色：這種人卻不知如何作算？俠？盜？僞君子還是真小人？

雷、張、蔡都不願走。

無夢女卻走了。

因爲她沒有理由不走。

這本來就不是她的戰役。

她沒有必要在這兒送死。

臨走前她狠狠瞪了張炭一眼。

——都是這夾纏不清的男子！

她可不要再在這兒夾纏不清下去：看來，元十三限要制勝，應無大礙，但要殺掉天衣居士和神針婆婆，難免還得大費周章；加上天衣居士這邊似正有高人趕援，只怕一場龍爭虎鬥在所難免，她又何必在這兒冒上這場渾水。

——還是走的好！

人生在世，生死與共的結果，往往就是死多於活。不怕死的人，得到的結果多是死得不明不白。

她可不想死。

她只爲自己而活。

她不覺得有義務要陪人去死。

她不管這個。

她是無夢女。

她是女人。

——女人要是不高興，大可不必講什麼江湖道義。

她是這樣認爲的。

◇◇◇

「你們今天誰也走不了！」元十三限全身發出一種惡臭。他的戰志愈強、出手愈猛，臭味愈是濃烈。「我要把你們一網打盡！一個也不放過！」

他仍在佛殿中央出手。

他一人敵住織女和天衣居士的合擊。

佛殿足有二三十丈寬闊。

他不僅以一人之力纏住二人，連天衣居士「撞牆」的機會也逐漸減少了，甚至只要他在那兒一舉手，一投足，一打拳，一踢腳，遠在另一邊的雷陣雨、張炭和蔡水擇都感覺到了排山倒海、難以抵擋的攻勢翻湧而至。

他們得要奮力抵擋。

除了雷陣雨的「哀神指」功還可勉強招架之外，張炭和蔡水擇已險象環生——幸有天衣居士代爲消解，也因而致使天衣居士飛身投牆的機會愈來愈少了。

元十三限就像有無限長的手臂和腿一般，他在遠處發招發功，只要是他的敵人無一不被他打得凶險萬分。

這時，犬嗥聲更厲了。

同時，遠處傳來貓叫。

傳自五處。

五種貓叫。

一如泣，一如訴，一似叫春，一似爭食，一像咆哮。

元十三限有沒有喜形於色，誰都不知道：因爲他的容貌已和達摩先師合併在一起了。可是他雙目卻綻出千道妖異的金光，向趙畫四叱道：「咄，局已佈好，你快加入他們佈的陣去！」

趙畫四殘喘著道：「可是，我的傷……」

元十三限雷霆似地喝了一聲：「管你的傷！六合青龍，必殺諸葛！你的傷我能治，我還加你五成功力——」

他雙手一招。

趙畫四竟迎空而起。

元十三限雙手一切，趙畫四竟打橫平飛在他身前，平空頓住，雙足齊攏。

元十三限一手拍在趙畫四雙足腳底，再一掌擊在他頭頂百會穴上。

趙畫四大叫了一聲。

一下子，他如出柙的猛虎：他身上的傷依然是傷，他的傷仍流著血，但他整個人，就像同時攝取了一頭老虎一隻豹子和一隻兀鷹的神魄一般，全身都散發出一股懾人、迫人和足以殺人的力量來。

元十三限在做這件事的時候，極快，只不過片刻間已然完成，一邊做還一邊喃喃自語道：「我變！我變！我變變變變……！」

而且他依然對他的敵手發出攻勢。

攻勢凌厲全不稍減。

天衣居士卻情急叱道：「老四，你這樣強把內力逼入……會害殺他的！」

「你管得著？」元十三限猖狂笑道：「管你自己的吧！我現在已是半仙半神，人死、人活，就看我高興！」

他凌厲的攻勢配合著他凌厲的口氣：

「你們都已在我的局裡，一個也活不了！」

◇◇◇

其實，在上天所佈下的局裡，誰又能永恆永遠的活下去？

稿於一九九一年八月中倩二赴港期間

校於九一年九月三日四人返馬／九月六日於馬來亞大學主講「一時能狂便算狂——寫作的要害與要訣」

請續看《驚艷一槍》下冊

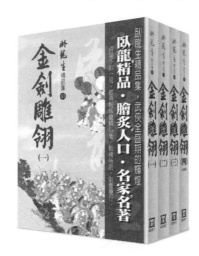

【武俠經典新版】說英雄·誰是英雄系列

驚艷一槍（中）

作者：溫瑞安
發行人：陳曉林
出版所：風雲時代出版股份有限公司
地址：10576台北市民生東路五段178號7樓之3
電話：(02) 2756-0949
傳真：(02) 2765-3799
執行主編：劉宇青
美術設計：許惠芳
行銷企劃：林安莉
業務總監：張瑋鳳

初版日期：2021年11月新版一刷
版權授權：溫瑞安
ISBN：978-626-7025-07-9
風雲書網：http://www.eastbooks.com.tw
官方部落格：http://eastbooks.pixnet.net/blog
Facebook：http://www.facebook.com/h7560949
E-mail：h7560949@ms15.hinet.net
劃撥帳號：12043291
戶名：風雲時代出版股份有限公司
風雲發行所：33373桃園市龜山區公西村2鄰復興街304巷96號
電話：(03) 318-1378
傳真：(03) 318-1378
法律顧問：永然法律事務所 李永然律師
　　　　　北辰著作權事務所 蕭雄淋律師
行政院新聞局局版台業字第3595號 營利事業統一編號22759935

定價：290元　**版權所有　翻印必究**

國家圖書館出版品預行編目資料

驚艷一槍（中）／溫瑞安 著. -- 臺北市：風雲時代，
2021.10 - 冊；公分 (說英雄.誰是英雄系列)
武俠經典新版

ISBN 978-626-7025-07-9（中冊：平裝）

1.武俠小說

857.9　　110013987